KB263197

피냐타 깨뜨리기

피냐타 깨뜨리기

이윤운 두 번째 시집

epikhē

ㅅㅏㅇㅣㅅㅣㅇㅗㅅ

사이시옷은 두 사물과 두 세계, 두 목소리를 이어 주는
작은 기호이다. 겉으로는 거의 보이지 않지만, 그 작은 소리가
앞과 뒤를 잇고, 멀어지려는 것들의 거리를 다시 좁힌다.
그 사이에서 생기는 숨, 긴장, 여운, 떨림을 우리는 〈사이〉라고 부른다.
이 시리즈는 바로 그 〈사이의 시(詩)〉에서 출발한다.

한 시인이 다음 시인을 부르고,
한 세계가 또 다른 세계를 향해 조금 기울며,
한 사람의 언어가 다른 사람의 언어 속으로 스며드는 릴레이 구조.

그 이어짐의 지점에 아주 작은 ㅅ이 놓인다. 흩어지지 않도록,
그러나 완전히 합쳐지지 않도록. 그저 조용히 사이를 열고, 울리고,
이어 주기 위해. 사이시옷 시리즈는 시인과 시인을 잇는 다리이며,
언어와 언어 사이에 생기는 투명한 떨림을 기록하는 연작이다.

그 사이에서 새로운 시가 태어나고, 또 다른 언어가 건너오며,
다음 목소리가 도착한다.

아주 작은 사이, 그러나 모든 시가 태어나는 자리.
우리는 그 틈을 사이시옷이라 부른다.

사이시옷 1.『진심의 바깥』, 이제야, 12,000원
사이시옷 2.『피냐타 깨뜨리기』, 이유운, 12,000원

시인의 말

갖고 싶은 것들이 너무 비싸다
사랑을 떨이로 팔아 그것들 사 오려고 썼다

목차

1부　　나를 떠난 자의
　　　　뒷모습은 대성당 같다

피냐타° 깨뜨리기

나는 뭉텅 잘라 낼 준비가
되어 있다 나를

　나의 첫 번째 꿈. 과부가 되기. 돌아오지 않는
남편은 완벽한 얼굴. 짧은 턱은 뾰족하고 입술은
함부로 혀를 보여 주지 않는. 신중하고 아름다운.
그는 시체일 때 나를 만났다. 완벽한 계략. 나는
가끔 한숨을 쉬며 신문에서 오려낸 그의 사진을
냉장고에서 찬장으로 옮겨 붙임으로써 과부의
역할을 다한다. 찬장이 입을 벌린다. 찬장은
채워지길 바라는 짐승.

　나의 첫 번째 나라. 폭력이 풍부했지. 폭포처럼
흘러내리는 아름다움도 있었다.
　이 나라가 망했을 때. 나는 아직 잉크가 마르지
않은 여권을 쥐고. 같은 색의 여권을 쥔 사람을
외면하는 법을 배웠지. 나라는 나를 외면했고 나는
우리들을 외면하네. 패망국의 중간자. 유예. 공항
대기소. 사람들로 들끓는다. 우리는 이곳에서
서로를 외면하지만 이 괴로움에서 누군가 먼저
탈출하는 순간

견딜 수 없다
흩어지고 옅어지는 절망을

나의 첫 번째 병원. 이름을 댄다. 가족이세요?
아니요. 면회 불가입니다. 상태는… 어떤가요?
아직은 살아 있습니다.

아직은…
그 말을 곱씹는다. 나는 의사와 깡패, 사형 집행인
중에서 누굴 가장 증오해야만 환자가 살 것인지
고민한다. 아파 죽어 가는 환자. 그에 대한
연민보다. 그의 얼굴과 어깨 위로 커튼을 친 자에
대한 증오가 더 강렬하고
강렬해서
도무지 구분할 수가 없다

나의 첫 번째 장례식. 기부하실 건가요? 유품을
정리한 서랍 앞에 앉아 있을 때 정부에서 파견한
사람이 와 묻는다. 고개를 가로젓는다.

나는 볏짚을 베어내는 것처럼 나를 잘라냈다
나를 개처럼 죽였다

국경 넘기. 크레파스와 잉크가 묻어 있던
포동포동한 손이 해졌다. 밀가루, 핸들, 모래, 죽은

개를 만지고 줍고 구워 먹느라 살이 갈라졌다.

　나는 고향에서 과부인 적 없었던 열 살짜리
어린애 고작

　새로운 나라에서는 새로운 형식을
그렇다면 난

　티베트 승려를 형제로 둔 제빵사. 화물 트럭을 한
손으로 모는 재주가 있는 늙은 남자. 한 번도 쌀과
속옷을 스스로 물에 담가 본 적 없는 남자로
고르겠다.

　나를 떠난 자의 뒷모습은 대성당 같다
우리가 해를 입히는 건 영원히 남는다

◦ 멕시코 등의 중남미 국가에서 사탕, 장난감 등을 채워 만드는
도자기 따위의 인형. 어린아이들이 생일이나 축제 때에 선물로
받는다.

묘지

세상에서 가장 꽃집이 많은 곳은 공동묘지니까
고백을 하지 않고 꽃을 사려면
죽어 버린 누군가가 있어야 했는데

추락사에서 고독사까지
책장처럼 쌓인 묘비들 사이로
나는 꽃들을 보고 있지

코스모스가 흔들리는 묘지는 하나도 없네
바람에 피는 꽃은 꽃집에서도 팔 수가 없으니까

장미가 놓인 묘지는 당연하게도 모두 여자의
것인데
늙은 여자의 묘에는 화분이 놓여 있다 보통은
제라늄이고

이 묘지들의 위에도 어느 순간에는 아파트가
들어오겠지
다 썩지 못한 뼈 위로 새로 태어나는 아기들을
올려놓으면서

오십오 층에서 태어난 아기들은 다시 지하

오십오 미터로

새로 태어나는 아기들에게는 이런 것들을
가르치자
너는 되게 재미가 없구나 하는 말에 웃지 않는
태도
숨을 참고 째려보는 눈 그리고 주먹에 힘을 꽉
주고 이렇게 대답하라고
그러는 너는

아기들은 자라서 여자들이 되고 여자들은 자라서
지금까지 묘비가 되어 왔는데

새로 태어난 아기들은 묘지가 아니라 꽃병에
꽃을
꽂을 것이다

금붕어가 말하기 위해서는
말풍선 스티커가 필요하다

곧 철거될 연립주택 하나를 빌려서 작명소를
차렸어요. 내가 모르는 사람들이나 동물들에게 평생
갈 이름을 지어 주는 몹쓸 짓을 직업으로 삼고
싶었거든요. 내 잘못된 선택이나 오인을 평생
가지고 살아가야 하는 것들이 많으면 좋겠다고
생각했어요. 나는 나쁜 짓을 많이 하고 싶었는데
돌을 휘두를 힘이 없어서, 대신 이름 짓는 법을
배웠습니다. 새로 태어난 아기, 입양한 고양이,
중고로 산 차의 이름을 지어 주고 돈을 받았습니다.
아기가 태어난 시간을 물어보고 고양이를 주운
거리의 지도를 받고 차의 엠블럼 사진을
들여다봤지만 조금도 신경 쓰지 않았어요. 그것들을
들여다보는 척하면서 결국은 아무 이름이나 지어
줬습니다. 그 이름을 받은 사람들이 행복하게 웃는
게 좋았어요. 그러나 행복한 얼굴을 만드는 나쁜
짓이라는 건 나쁜 짓이라고 할 수 있을까요? 그러다
계약이 끝나서 작명소 사무실을 옮기는 날이
왔습니다. 원래 그렇지요. 다들 직업을 몇 번이나
바꾸는데 작명소 사무실이라고 영영 같은 곳에
붙박이장처럼 있을 이유는 없으니까요. 아무튼 나는
이삿짐을 싸고 있었습니다. 그때 어항을
깨뜨렸어요. 물이끼가 온통 끼어 불투명하고 두꺼운

카펫 샘플처럼 보이는 유리 조각들이 마룻바닥에
산산조각 나 뒹굴고 있었어요. 그것을 치우려고
바닥에 꿇어앉았을 때, 보지 못했던 미세한 유리
조각이 손바닥에 잔뜩 박혔습니다. 미세한 슬픔처럼
손바닥 전체를 뒤덮었어요. 혀처럼, 유리보다
약하고 부드러운 것으로 핥아야지만이 유리가
어디에 박혔는지 알 수 있었습니다. 나는 다치지
않은 손으로 큰 유리 조각만을 치웠습니다. 가장 큰
유리 조각에는 스티커가 붙어 있었습니다. 안녕.
사랑해. 고마워. 미안해. 내가 붙인 스티커입니다.
말하지 못하는 금붕어가 답답할까 봐 붙여 준
말풍선 스티커지요. 그 금붕어는 작명소 개업식에
받은 선물입니다. 나는 금붕어가 죽기 전까지
이름을 붙여 주지 않았습니다. 그래서 금붕어가
죽은 어항도 치우지 않았고, 어항을 깨뜨려도
속상해하지 않았고, 지금 손을 다치고서도 아파하지
않을 수 있는 거지요. 금붕어는 이름이 없으니까요.
나는 죽어도 슬퍼하지 않는 자들을 위해서만
이름을 지었습니다. 할 수만 있다면 이 세상 모든
것들에게 이름과 말풍선 스티커를 붙이고 싶어요.
그리고 그것들이 죽을 때를 외면하고요. 내 곁에는
내가 이름 붙이지 못한 것들만 남아서, 그것들이
사라진 유리 조각을 치우고. 이 모든 게 슬픔을
외면하기 위해 발명된 방식이라면 믿으시겠습니까?
슬픔을 외면하기 위해서라면 뭐든지 배워야겠지요.

많이 배워서, 머리를 꽉 채워서, 슬픔이 들어올
자리를 메워 버려야겠지요. 이름을 짓는 메커니즘
말고는 머릿속에 아무것도 들어올 수 없도록 많이,
아주 많이 배워야겠지요.

인형의 집으로 오세요°

　내가 커다란 챙 달린 모자를 쓰면 햇빛이
직사광선으로 내리꽂혔지. 아스팔트 위로 새카만
그림자가 일렁일렁 가벼운 모양으로 흔들리면서
나를 따라 걸어왔지. 내가 사랑했던 소녀들은
허벅지와 허리춤마다 연붉은색으로 살이 터 있었지.
가까이 와서 손톱으로 좀 긁어 줘, 긁어서 없애줘.
나는 그들이 치맛자락을 쥐고 들어 올려 보여 주는
살갗을 손톱으로 열심히 긁어 줬지. 그래야 그들이
나를 예쁜 단화로 걷어차지 않았지. 내가 그들
마음에 흡족하지 않으면 그들은 내 가슴팍을 뻥
하고 찼지. 그들에겐 그럴 수 있는 권리가 있었지.
나보다 아름답고 나보다 여자에 가깝고 나보다
기괴한 소녀들이었으므로. 나는 그들의 단화를
동경했지. 그들 중 하나가 내 챙 달린 모자를
빼앗았지. 모자 아래로 곱슬곱슬하게 흔들리는
고수머리가 귀신나무를 닮아 하얗게 빛났지. 모자
없이 돌아가면 햇빛에 구워진 정수리가
번들번들하게 빛났지. 땀으로 젖은 나는 조금도
아름답지 않았지.

　내 캐미솔을 들어 올리면 아래 가슴부터
옆구리까지 길게 튼 살이 있지. 그 튼 살을 긁어 줄

어린 여자의 손이 없어서 나무 등걸에 대고 마구
비벼 대지. 아무나 사랑할 수 있도록 죽은 화분들이
가득 쌓여 있는 아파트 단지 화단에서 그런 짓을
하지. 나는 가여운 여자라고 소문이 나지. 그들 중
누군가가 저벅저벅 걸어와 예쁜 단화로 뻥
차주기를 바라지. 하지만 모두 나를 스쳐 지나가지.
나는 투명한 소문이지. 아무도 내게 소금을 뿌리지
않지. 나는 싱거운 음식 같은 재미없는 표정을 하고
튼 살을 긁느라 떨어뜨렸던 모자를 쥐지. 이제 내
모자는 챙 없는 미끈한 모양이지.

○ 토드 솔론즈 감독의 동명의 영화(1997).

장소법°

　하필 비 오는 꿈을 꿔서
　모든 방의 창문을 열어 둔 탓에 네가 고서적의
가름끈을 갉아 먹고 있었지

　네가 질서 정연한 것들을 먹이로 삼는 것을
지켜봐
　너의 목을 타고 넘어갈 때 물질의 질서가
　한층 더 무너진 형태로 변하는 것을°°
　단단한 질서를 허겁지겁 집어삼켜도
　몸집이 커지지 않는 너를

　작네
　어린가 봐
　약하겠지

　나를 해치지 않는 약한 것들에 대해 나는 언제나
조금씩
　가슴 한편을 말랑말랑하게 해 두고 너그러운
표정을 지어 두곤 하지
　그것이 누군가에게 치욕이 된다는 걸 모르고
말이야

　너그러운 표정과 부드러운 손으로 너를 만지면서
이 반짝임과 가벼움을 닮은 브로치를 사고 싶다는
충동을 느꼈다면
　내가 너무 잔인한 거겠지?
　이건 너에게 최대한 단단하고, 딱딱하고, 무거운
등과 날카로운 날개인데,

　함부로 내가 오해하는 거지

　네가 벼린 진화의 흔적을
　나를 통과하는 연약하고 부드러운 빛이라고

　너를 쓰다듬으며
　내가 오해한 탓에 죽은 수많은 네가 묻혀 있는
창밖을 본다

　아우성치는 빗소리가 들린다

　언제든 망하러 와라
　붙잡고 떨어져 주마

○ 기억술 중 하나로, 익숙한 장소들의 위치에 각각 기억해야 할
정보를 연결시키는 방법.
○○ 에르빈 슈뢰딩거, 『생명이란 무엇인가』(한울, 2021).

텅 빈 가축과 캄캄한 어둠

긴 회랑에서 소를 산책시킨다. 길에서 쫓겨난 지
오래된 나의 가축이다. 길을 산책하지 못하는 건
그의 탓이 아니다. 산책은 오래전부터 개의
전유물이다. 가로등과 전봇대. 인간이 만든 구석과
모서리는 개의 것이다. 소는 길을 비껴 걷는다.
비틀거린다. 소는 개의 것을 빼앗을 수 없다. 그의
등은 소쿠리 모양대로 휘었다. 원래 그의 등이었던
허공을 매만진다. 텅 빈. 나와 함께 회랑을 걷는
살아 있는 소. 나와 소는 텅 빔을 공유한다. 그는 텅
빈 가축이다. 나는 소설에서 소를 만들었다. 가죽이
빳빳하고 등이 눈덩이처럼 부푼 건강한 소다. 나는
그 소가 경계를 걷고 영토를 횡단하고 개념을
무화시키고 구조물들 사이의 빛의 굴절과 왜곡을
이해하게 시켰다. 그는 살이 다 빠져 텅 빈 가축이
될 때까지 채찍을 맞으며 내 글을 걸어 다녔다.
문장과 단어들. 내가 만든 모서리에 끊임없이
머리통을 부딪힌 소는 백내장이 생겼다. 그의 눈을
들여다본다. 꽉 참. 텅 빔으로 꽉 찬 허연 눈을
들여다본다. 소는 나를 이해하지 않는다. 나도 소를
이해하지 않는다. 나는 소 안에 꽉 차 있던 소를
몰아내고 그가 텅 빈 가축이 되기를 원한다. 그의
가죽을 벗기고 뼈를 부러뜨리고 살을 잘라 내고

싶다. 학대하고 싶다. 소가 너저분해진 이마로 내 가슴팍을 밀어낸다. 개에게 동결 건조된 소 혀를 먹인다. 개는 앞서 걷는다. 나와 소를 이끈다. 회랑 끝에 다다랐을 때. 개는 코끝으로 문을 민다. 회랑 안에 꽉 찬 어둠이 소를 뒤로 잡아당긴다. 소는 산책하지 않는다. 그는 회랑의 먼지투성이 벽에 머리를 기댄 채로 가늘게 운다. 가축으로 죽을 셈이야? 여기서 나가야지. 나가서 산책을 해야 개가 되지. 너는 왜 이렇게 나를 힘들게 하니. 너는 왜 하나도 쉽지가 않아. 너한테 이름을 지어주고 목줄도 채워 주고 다른 가축의 혀를 너에게 먹이고 싶은데 왜 나오지를 않아. 너는 왜 나를 이해하지 않아. 소를 때린다. 안이 텅 빈 그의 등을 때릴 때마다 쇠북을 치는 소리가 난다. 회랑이 울린다. 회랑 밖으로 소리가 먼저 빠져나간다. 개가 짖으며 소리를 쫓아 나간다. 개의 흔적처럼 목줄이 길게 늘어진다.

흐르는 실

피셔맨 스웨터°를 완성하기 위해서는 매듭과
솔기를 건너뛰어야 한다. 각각의 실이 지향하는
위치를 문질러 넓혀 주는 것처럼, 실의 문을 열어
주듯이, 실의 몸을 구성해 주면서, 그의 얇은
외부를 만져 선과 면으로 확장하듯이, 실공 안의
맹점부터 천천히 복원해 나가면서, 실이 치마에
부딪혀 의외의 정전기를 만들어 낼 때 그 표면에
얼룩진 의외의 주름을 목격하면서, 건너뛴 매듭과
솔기 사이에 우묵하게 고인 햇빛을 어루만지면서,
매끄러운 손바닥에 거칠고 따뜻한 털실 덩어리가
달라붙는 것을 기꺼워하면서, 바람이 이는
해수면처럼 일렁거리는 스웨터 표면을 만져
보면서, 그것을 평미래로 밀어 버리려는 욕망을
참으면서, 울퉁불퉁하고 무거운 매듭과 솔기
더미들을 한아름 끌어안으면서, 미세한 실이 내
혈관으로 들어와 뱃속에서 엉키기를 기다리면서,
그것이 내 새로운 장기를 구성하는 것을
지켜보다가, 임상 실험이 이뤄지지 않아 적합성을
판단할 수 없는 그 장기를 꺼내어 내 개의
찌그러진 심장과 교환하고, 개가 다시 뛰는 꿈을
꾸고, 개 위에 스웨터를 덮어 주고, 개를 만지는
내 손끝이 떨리는 것을° 느끼는데, 개에게로

돌아가고자 개의 심장이 내 손가락 끝에서 쾅쾅
부르짖는 것을 눈치채고, 개에게서 손을 뗐을 때
개의 털이 삐죽삐죽 튀어나와 매듭 사이의
구멍을 메운 것을 본다. 구멍이 없어 빛이
새어들지 못하는 스웨터의 무거움을 견디는 작은
개, 매듭도 솔기도 지나치지 못하는 개가
펄쩍펄쩍 뛰어 실타래를 물고 도망갈 때, 개가
저렇게 잘 뛸 수 있었나 생각하면서, 개 냄새가
밴 스웨터를 입고 개를 따라 나간다. 나를 뒤로
밀어 보내는 개의 은빛 털, 그 털이 남기는 잔상,
물리 법칙을 무시하고 더 빠른 시간을 펄쩍펄쩍
뛰어넘는 개의 다리와 꼬리를 따라가면서, 멍!
하고 짖는, 한국어를 모르는 개에게, 한국어로
계속 멈추라고 소리를 치고, 개는 내 멈추라는
소리를 다른 개가 짖는 것과 구분할 수 있을지
궁금해하면서, 개가 멀리 사라지는 것을 보면서,
스웨터에 묻어 있던 개 냄새가 점점 희미해지는
것을 알아차리면서, 멀리 뛰어간 개가 귀환하지
못할 것임을 직감하면서, 개의 털이 빽빽이 꽂혀
완성된 매듭과 솔기를 끌어안는다. 땀이 맺힐
정도로 따뜻하다.

○ 어부들의 무사 귀환을 바라며 짠 스웨터. 각 집안마다 다른
모양으로 짜기 때문에 불의의 사고로 어부가 목숨을 잃는다면
입고 있는 스웨터의 모양을 보고 익사체의 신원을 확인할 수
있었다.

구슬 밖에도 영혼이 살고 있습니다

요즘 말입니다, 근황이 이렇습니다. 거주는 피로하고 해로운데 영혼에게도 그런지 자주 생각해 보게 됩니다.

나의 하루는 연약하고 거룩합니다. 낯선 속성들이 서로 뭉쳐져 있어서 나를 사람이라고 생각하기가 퍽 어려운가 봅니다. 연약한 건 아기의 것. 거룩한 건 노인의 것.

막이 걷히지 않은 무대를 걷죠. 아마도 그게 세상에서 가장 오래된 산책일 거라고 믿기 때문입니다. 나는 몇 세기쯤 된 것이 좋습니다. 땅 대신 무대. 내 발은 땅에 꼭 맞지 않는데 무대 위에는 내 발에 꼭 맞는 홈이 있습니다. 홈에 발을 꼭 끼워 넣고 그 자세로 잡니다. 내 수면은 수목장.

집 근처에는 시장이 생겼습니다. 빛과 어둠을 팝니다. 살 수 있는 빛은 차갑더군요. 세상에 차가운 빛이라는 게 있다니. 하지만 난 빛 대신 어둠을 샀습니다. 어둠을 손에 쥐고 얼굴을 쓸어내리면 이목구비가 다 헐어 버립니다. 나의 구성은 조악해서 한 번쯤 이렇게 깨끗하게 청소하는 게 좋지요.

　나부끼는 두꺼운 천. 차단도 접속도 동시에
가능한 저 천은 유용합니다. 포목점에서 내 절반을
주고 바꾸어 왔습니다. 나는 영혼이라 가볍고 천은
물질이라 무거웠어요. 천을 들고 집으로 돌아오는데
처음으로 사람과 부딪혔습니다. 처음으로 가진 내
물성. 물성의 본질은 충돌이군요. 충돌. 영혼의
입술도 이 발음을 낼 수 있다는 게 놀랍고 신기하고
두렵지 않습니까? 종이 위의 글씨들이
진동하는군요. 어떤 이야기는 활자가 견딜 수 없는
법이지요.

　여기까지 읽었다면 눈 들어서 저 멀리를 보세요.
말린 어깨도 펴고요. 둥글게 구부러진 몸에는
둥글게 구부러진 영혼이 들어갑니다. 거주는 말린
것보다는 빳빳하게 편 것이 좋습니다.

영혼으로부터
마음을 담아

가로지르고 쫓겨 가는

너는 둔한 얼굴로 산책하는 것들이 좋다고
했었지. 터무니없이 부드러운 것. 시간을 찢을 힘이
없을 정도로 연약한 것. 그래서 눈꺼풀이 얇은 것들.
빠르게 눈을 깜빡거릴 수 없어서 불투명해진
망막으로 너를 올려다보는 것들. 너를 내려다보기
위해서는 돌처럼 딱딱한 재료가 추가적으로 필요한
것들. 목줄을 찬 것들. 네가 그런 말을 할 때마다
우리의 어긋난 시선이, 우리 사이에 중첩된
불투명한 망막들이 조금씩 파괴된다. 한쪽 다리가
짧은 고양이가 절룩거리며 우리 사이를 지나갈 때,
너는 저 고양이의 보법이 독특하다며 웃는다. 나는
네 옆에서 계속 걷는다. 물소리 들림. 너와 걸을
때는 강을 보지 않아도 물살의 빠르기를 알 수
있다. 네가 웃는 소리 사이에 끊임없이 중첩되는 물
흐르는 소리. 휘어지기보다는 깨지는 것들. 우리
산책로는 길고 복잡해서 처음부터 끝까지 지속되는
풍경이 없다. 물 쪽으로 길게 늘어진 관상용
장미나무와 짓이겨진 새, 종종 우리 사이로 굴러
들어오는 소프트볼. 사람들이 모여 기하학적으로
찢어진 비닐봉투를 찍고 있었다. 반투명한 비닐봉투
사이로 노란 햇빛이 비치고, 고이고, 흘러내리고,
뭉쳤다가 다시 산산히 부서진다. 나는 그것을 못 본

척 지나가려고 하지만 너는 사람들 사이로 성큼
비집고 들어가 비닐봉투를 찍는다. 아스팔트 도로에
비친 빛과 그림자. 저 모양이 참 둔하지 않아? 네가
사진을 보여 주며 웃는다. 물소리 그침. 나는
돌아본다. 바람에 일그러져 비닐봉투의 빛과
그림자가 몰살되어 있다. 너는 이미 사라진 순간을
잘 잊는다.

돌과 무당이 말 걸기

온몸으로 나에게 안기는 물질이 있군. 사람보다
나은 물질이 있군.
깨달은 날.

더위를 가로질러 걷는 사람들은 모두
어린이들이다. 고단함을 모르는
어린이들이 나를 쏜살같이 지나쳐 간다.
가볍고 경쾌하게.

나는 나와 협조하는 날씨를 찾아서 응달로
걷는다.
가끔 허리를 숙여 돌을 줍는다. 가로질러 걷는
어린이들이 넘어지지 않도록. 주머니에 돌을 가득
채운다. 무겁다. 느리게 걷는다.

느리게 걷는 사람은 지쳐 보인다. 지쳐 보이는
사람에게 말을 거는 무당이 있다. 신을 나누고 싶어
안달이 난 사람이다. 주머니에 신을 가득 넣어
가볍다. 부풀어 오른 주머니 덕에 둥둥 떠다닌다.

저기요, 슬퍼 보이시네요. 다 못 산 사람 목숨
짊어지고 장수할 팔자예요. 슬프다. 정성 드려야

돼요.

나는 응달에서 그의 말을 듣고
그는 어린이처럼 더위를 가로질러 걸으며 나를
설득한다.

가볍고 경쾌하게

저 말이 정말이라면 이 세계보다 오래 살겠군. 이
얄팍한데 무거운 모순적인 몸으로.

내 혼잣말을 들은 무당이 실망한 얼굴로 나를
내버려 둔다.
나는 돌의 무게로 추진력을 얻어 더 멀리
걸어간다.

주머니 속 돌들이 웅얼웅얼 말을 건다.

너 괜찮아?
괜찮아질 거야?

그것들이 내 대답을 기다리지 않고
몸 전체로 내 손에 안긴다.

남하하는 기쁨

나의 기쁨은 윤택하다. 깊은 주머니 안에서도 빛이 나서 모두가 내 기쁨을 볼 수 있다. 기쁨의 빛은 슬픔의 그림자를 만든다. 나는 내 잘못 아닌 그림자를 위로하기 위해 주머니를 더 깊게 만들었다. 나를 사랑하는 사람이 생길 때마다 광목을 한 단씩 끊어 와 더 깊은 주머니를 만들었다. 누군가 집에 방문할 때마다 겨울 솜이불을 정리해 둔 장롱 가장 깊숙한 안쪽에 그 주머니를 감추어 두었다. 그들이 슬픈 이야기를 하며 서로를 위로할 때마다 내 기쁨의 빛은 주책맞게 더 밝아져서 두터운 이불과 코트와 오동나무 문짝을 뚫고 흘러나왔다. 흘러나온 빛으로 발이 젖을 때. 위로는 멈추고. 나는 비싼 접시를 깨뜨린 어린애처럼 허둥지둥 그것을 닦고 천을 덧씌워 감춰 보려고 애썼다. 나의 윤택한 기쁨을. 담수 진주처럼 둥글고 매끄럽고 풍요로운 내 기쁨의 빛을.

나는 상상으로 앓는 사나이°와 오래 사귀었다. 그의 그림자는 아주 엷었다. 그러므로 나는 그가 내 기쁨의 빛을 보고도 위로를 멈추지 않을 거라고 기대했다. 그는 그 기대에 부응했다. 그는 내 기쁨의

윤택함을 보고도 위로의 말을 멈추지 않았다. 나는
그를 사랑하며 장롱 문짝을 활짝 열어 놓고 눅눅한
겨울 솜이불을 햇빛에 말리고 너무 깊어져 내
키보다 길어진 주머니를 빨고 그동안 마룻바닥에
기쁨을 내려놓을 수 있었다. 그러면 어느새 바닥이
흥건하게 기쁨의 빛으로 젖었다. 내가 발목까지
고인 기쁨 사이로 찰박이며 걸어다닐 때 상상으로
앓는 사나이는 두 팔을 활짝 벌리고 〈죽고 싶은
기분!〉이라고 소리쳤다. 내 윤택한 기쁨을 풀어
주기 위해서는 죽고 싶은 사람이 필요했다. 너무
괴로워서 나의 기쁨도 위로의 대상으로 생각하는
사람 말이다.

　　나는 지구 극장°°에 산다. 담수 운하가 흐르는
완벽한 정원 같은 세계이며 가짜 세계다. 진짜
세계의 주민들은 가짜 세계가 모두 평온하다는
착각을 하고 산다. 가짜 세계의 주민들은 진짜
세계의 주민들을 언젠가는 미워해야만 한다는
생각으로 사랑하고 있다. 담벼락 너머로 훔쳐본다.
우리는 토착어가 없어서 미워하거나 사랑하기
위해서 진짜 세계 주민들을 매일 참고한다.

　　꽉 묶어 두었던 주머니가 풀어진다. 흠결 없다
생각한 담벼락 아래로 기쁨의 빛이 진짜 세계로
새어 나가고 있다. 진짜 세계 주민들조차 기쁨의

윤택한 빛을, 슬픔의 광대한 그림자를 알게 될
미래가 막막하게 다가오고 있다. 싸리문이 열린다.
사나이가 담벼락으로 돌진하고 있다. 「죽고 싶은
기분!」 그의 목소리가 종소리처럼 길게 울린다.

° 몰리에르, 「상상병 환자」.
°° Globe Theatre. 청교도들이 모든 극장을 폐쇄한 이후에도
셰익스피어의 희곡이 공연된 런던의 극장.

몸집을 불리는 꿈

그는 우리 집 지하실에 세 들어 살았다. 협소하고
무르고 비가 잘 새는 곳이었는데도 불평하지
않았다. 가끔 내게 이불이나 수건을 빌리려고 내
방까지 올라오곤 했지만 그것을 제외하면 그는
좋은 세입자였다.

그는 내 침대 아래에서 눈을 감고 내 방이 층고가
높고 건조해서 잠이 잘 온다고 했다. 그는 천장을
보며, 별을 보는 꿈을 꿀 수 있을 것 같다고 말했다.

꿈, 자주 꾸세요? 그가 묻고, 연신 말했다.
저는요, 꿈을 꾸는 게 너무 좋아서 꿈을 꾸게
해주는 약을 사 먹기도 했어요. 그건 사기였어요. 두
달치 급료를 모두 쏟아부었는데 아무리 약을
먹어도 꿈을 자주 꾸진 않았어요. 항의하려고
전화를 걸었는데 없는 번호였어요. 다들 제게
꿈꾸냐?라고 말했답니다. 어쩌면 그게 정말
꿈이었는지도 모르겠어요.
자요?
나는 그의 급료가 얼마였는지 묻고 싶었다. 두 달
치 급료를 쏟아부었는데 어떻게 월세를 밀리지
않았느냐고 책망하고 싶었다.

그건… 뉴스에 나올 만한 사건이네요. 내가 겨우
대답하자 그는 와하하 웃음을 터뜨렸다.

아니에요, 아니에요. 아무도 죽지 않았으니까
뉴스에 나올 만한 사건은 아니지요.

나는 당혹스러웠다. 왜 월세를 늦게 내면 안
되느냐고 양해를 구하지 않았는지, 내가 그렇게나
악독한 집주인 같았는지 걱정되었다. 나는 고개를
들고 침대에 올라와서 자겠느냐고 물었다.

아니에요, 아니에요. 그는 웃는 것처럼 대답했다.
하지만 나는 그가 웃고 있지 않다는 것을 알 수
있었다.

나는 그와 자주 대화를 하고 싶었지만 그는
언제나 바빴다. 댁네 지하실 세입자가 아주 좋은
사람이라지요? 길거리에서 만난 노인이 내게
웃으며 말을 걸었고 나는 그렇다고 고개를
끄덕였다.

어느날 지하실에 불이 나는 꿈을 꿨다. 모락모락
타오르는 불길을 바라보고 있는데도 어깨가
움츠러들 정도로 추워서 그게 꿈이라는 걸 알았다.
아침에 일어났을 때는 대문 앞에 포스트잇이 한 장
붙어 있었다.

방 뺄게요. 잘 살다 갑니다.

그의 필체는 조금 옆으로 기울어져 있고, 모든
자음을 작게 쓴다. 나는 그의 포스트잇을 책 사이에
끼워 책장에 집어넣는다.

다시 침대에 누웠을 때
이 침대가 고작 한 명, 겨우 나만이 누울 수
있도록 협소하게 설계되어 있었다는 것을
알아차린다.

2부

부끄러운 말이지만
꽤 오랫동안 사랑이
자연발생한다고
생각했어

소모품의 신

너는 많이 만지는 사람이었다. 안경닦이나
지우개처럼 다 쓰지 못하고 어딘가로 사라지는
것들을 많이 만져 빨리 닳게 만들었다. 너는
친구들이 소모품을 잃어버리기 전에, 친구들의
집으로 막무가내로 쳐들어가서 그것들을 마구
만져댔다. 친구들의 몸 같은 옷을. 친구들의 살갗
같은 이불을. 친구들의 뼈 같은 가구와 조리
도구들을. 그래서 친구들이 집을 비우고 떠날 때
하나도 아쉬울 게 없도록 만지고 또 만져서 누구의
물건이라도 네 손길을 타 빛나도록 해주었다. 너는
문을 찢고 집으로 들어가지만 그 안의 소모품들을
만질 때는 장기를 어루만지는 것처럼 섬세하고
아름답게 움직였다. 피복과 플라스틱이 네 손을
거치면 새로운 피부와 혈관이 되었다. 네가 방문한
친구들의 집은 모두 소모품들의 부산스러운
움직임으로 꽉 찼다. 그들의 먼지처럼 가볍고
재빠른 움직임이 만들어 내는 층간소음 덕택에
나는 친구들의 부재를 알지 못했다. 그 집들이 모두
꽉 찼다. 소모품들의 층간소음은 화를 내기에는
민망할 정도로 희미했고, 무시하기에는 성가셨다.
　결국 내가 참지 못하고 관리소장을 대동하고 네
집으로 올라갔을 때, 빛나는 족집게가 문을 열어

주었다. 나는 그 빛을 잘 알고 있었다. 너는 가끔
나의 집에도 쳐들어와 내 소모품들을 만져댔기
때문이었다. 네가 만진 것들은 쓸데없이 빛나서
나의 집 또한 어떤 것도 버리지 못한 포화상태였다.
네 집은 환하게 빛났다. 아니, 빛덩어리였다.
어디서부터 어디까지 빛나는지 구분할 수가 없었다.
하나의 큰 빛덩어리 같은 집이었다. 빛이 다
집어삼키고 빈 공간이 없어서 그림자가 배제되어
있었다. 네 집의 물건들은 이불과 썩은 살이 한데
뭉쳐 있는 것처럼 단단하게 응집되어 있었다. 너는
무거워 보이는 그 소모품들 사이에서 너무 빛나서,
너무 가벼워 보이는 손을 어찌 할 줄 모르겠다는
것처럼 허공으로 쳐들고 있었다. 너는 빛을 끄려고
이것저것 만져 보았지만 소모품들은 점점 밝아졌다.
집이 터질 것처럼 빛으로 꽉 찼다. 너는 빛으로
잠식되어 가면서, 서서히 이목구비를 빛에 잃어
가고 있었다. 나는 너의 집으로 쳐들어가지 못했다.
　너의 집에서 흘러나온 빛이 도시까지 새어
나온다. 사람들은 이 눈부신 빛의 근원지를 알지
못한다. 그 빛을 주워다가 가로등도 세우고 수술실
백열등도 밝혔다. 공짜라서 마구 써도 되는
빛이었다. 나는 그 빛 아래서 사람들이 환하게 웃을
때마다 빛과 그들의 웃음을 가늠했다. 너의
이목구비를 삼킨 빛보다 더 밝은 빛이 도시에 꽉
찬다. 네가 소모품들을 잃지 않기 위해 애써 훈련한

만짐의 방식이 그들의 웃음 앞에서만 빛바랜다.

네 집으로 쳐들어가 너의 자리를 대체하기 위해서 네가 만진 것들을 새로 만드는 방법을 배운다. 더 밝은 내 빛을 가지고 네 집으로 들어가면 네 집에 어두운 공간이 생길 것이다. 그 공간으로 빛이 허물어지고, 너는 이목구비를 되찾을 것이다. 나는 손을 허공에서 움직인다. 네가 내 치마를, 내 연필을, 내 면기를 만지던 방식을 흉내 낸다.

어둡고 무거운 내 손가락에서 처음으로 빛이 흘러나온다.

물건과 몸을 헝클이기

네가 나를 방문했을 때 나는 이미 나를 무한에 가깝게 회복한 상태였다. 너는 병실의 커튼과 서랍장을 만져 보며 아픈 사람 곁에 있어서 물건들조차 대부분 희끄무레해졌다고 말했다. 너는 물건을 만지는 것만으로도 그것의 속성을 이해할 수 있는 사람이었는데, 그래서 나는 네가 가까이 올 때마다 네가 나를 만질 수 없도록 이불을 턱 밑까지 끌어올리곤 했다.

귀여워. 생각할 수 있는 물건 같아. 너는 내 머리를 쓰다듬으면서 웃었다. 마치 조약돌을 쓰다듬는 것처럼. 나는 생각할 수 있는 조약돌이 된다. 나는 네 촉각을 통해 발견되고, 관찰되고, 던져지고, 깎이고, 만져지는 것이 된다.

너는 내 손을 잡아 서랍장을 만져 보도록 한다. 모든 일에 속성과 원근법이 중요하다고 말하면서. 가까운 것은 세고 무겁게… 사랑하듯… 멀리 있는 것은 손가락 끝에 그것의 예기와 냉기를 느끼며… 미워하듯…
모든 것은 연결되어 있다.
너는 이렇게 만지는 법을 익히면 어떤 부재도

느낄 수 없다고 했지.

텅 빈 것이란 없다. 너의 방식대로라면 모든
장소는 만질 수 있다. 촉각으로 가득 차 있다.
무언가를 알기 위해서 그것의 얼굴을 보거나
이름을 지어 줄 필요가 없다.

너의 손으로부터 뻗어져 나온 모든 물건들에게서
너를 느낄 수 있다.

나는 우리의 집에 두고 온 것들을 떠올린다. 너는
그 물건들을 만지면서 나 없는 우리의 집을
감촉들로 가득 채웠겠지. 너는 나의 부재를 느낄 수
없었을 것이다.

너는 나의 물건들을 통해
나의 기억들을 통해
나를 집에서
추방한다

이토록달콤하고부드럽고상냥하고마치회복처럼느
껴지는
추방을

너 또한 경험해 본 적 없겠지
너처럼 솜씨 좋게 물건들을 만지는 사람은
지금껏 없었으니까

나는 분명 나를 거의 회복한 상태였다. 어떤
의사는 나에게 아프기 전의 나보다 지금의 내가
훨씬 더 크고, 부드럽고, 완벽하고, 둥글고, 넘쳐
흐른다고 이야기했었다. 하지만 네가 나를 만지며
커튼처럼 얇고 서랍장처럼 차갑다고 말할 때 나는
직감한다

나의 헝클어진 몸을
네가 헝클이고 나온 나의 물건들을

네 촉각은 유전이 돼.
나는 아이를 낳을 수 없지만 나를 쪼개어
작은 나를 수없이 만들 수는 있지 나는
조약돌이니까
네가 헝클인

저기 비탈을 따라
작은 돌이 굴러간다.

병상

버섯과 물이끼가 보살피고 있다. 그들의 손은
맑은 유리꽃 같다. 조금만 힘주면 부서진다. 깍지도
끼지 못할 연약한 손으로 나를 창문을 닦는 것처럼
만진다. 그들의 손이 가까이 다가올 때마다 눈꺼풀
안쪽에 성에가 맺힌다.

새 물건과 새 얼굴과 새 만지기

사진 좀 보자.

추운 겨울. 이불을 펴고 눕는다. 발가락이 시리고
우리는 곧 한 살씩 더 늙는다. 지금 만지는 네 볼이
내가 만질 수 있는 가장 어린 볼이지. 죽음에서
가장 먼 볼이지. 물건보다는 나에게 가까운 볼이지.

나 어렸을 때 볼래?
내가 물건이 아닐 때를 구경할래?
아니지. 혹은 물건처럼 보일 때를 구경할래?

나는 인형처럼 예쁜 아기여서 모두가 한 번씩은
내 볼을 만지고 지나갔다. 나를 만지는 자들은 내가
자신과 똑같은 사람이 아니라 물건이라고
생각했는지도 모른다.
나는 오랫동안 우리 집의 새것이었다.

나 다음에 또 다른 새것이 태어나기 전까지
내가 가장 만지기 좋은 새
물건
새
얼굴이었다.
다들 사랑하기보다는 만지고 싶어 못 견디는
새 것.

이게 나야.
이건 내 동생.
나 다음의 물건.

엄마는 나에게 동생이 하나 갖고 싶냐고
물어봤었다. 내가 응. 하고 대답해서 동생도 내게 새
물건이 됐다. 이런 방식으로 물건 대하기는
유전된다. 이게 우리 습속이다. 우리는 사람을
물건처럼 사랑하고, 물건을 사람처럼 내버릴 수
있다.

어때?
나 어렸을 때 귀여웠지.

네가 멋쩍게
엄마가 사진을 많이 찍어 주셨네
하고 앨범을 뒤적인다.

그게 맞지. 난 기록되어 있지. 기록되어 너를
만났지. 내가 방을 배반하는 방식을 네가
사랑하기를 바랐지. 나는 특별하지. 내가 물건들을
지켜보는 방식을 네가 닮길 원했고 물건들이 나를
들여다보는 깊이를 네가 이해하길 원했지. 물건과
내가 맺는 고유한 관계를 네가 마음껏 침범하기를
바랐지.

나를 새
물건처럼

사진을 한 장 넘기는 내 손을 잡는다.

그런 말은…
슬프니까 하지 말자.
불 끌까?

앨범은 반이나 남았는데
내 방은 불을 끄지 않아도 어두운데

아마도 늙는다는 건
내 방이 점점 어두워진다는 것
내 손을 탄 물건들이 모두 검게 빛난다는 것
내가 더 이상 새 물건이 아니라는 것

불 끄고 자자.

네가 손을 끌어당긴다. 모로 누운 내 얼굴을 네가
만진다.

나는 네가 언제나 아기인 것처럼 만질게.

어둠 속에서 네 목소리가 들린다.
떨리는 손끝에서 목소리가 퍼지는 게 망가진
축음기 같다고 생각한다.

흠.
그것보단 새 물건 만지듯 대하는 게 좋은데.

하지만 나는 너를 슬프게 하기 싫어서 아무 말도
하지 않는다. 네 손가락이 나를 만지는 것을 내버려
두면서
그나저나 네가 아기를 만지는 것을 언제
배웠을까 하고 생각할 뿐이다.

유년복구

눈을 뜨면
미지근한 물 한 잔 건네는
구멍에서부터 일어나는 나의 연인을

만져 보지
훑어 보지
발명하지

나의 몸과 닮게

°

거친 방
성장과 노화가 거미줄과 먼지처럼 뒤엉켜 있고
나는

젖지 않은 곳에 너를 눕히고
백열등 램프가 흔들릴 때마다 새롭게 자국을
남기는 먼지들을 보았지

참 이상한 일이야
네가 오기 전까지 이 방에서는 지루하고

소름끼치는 일들만 일어나고 있었어

　예를 들면

　우리가 깔고 누운 이 이불은
　할아버지가 쓰러졌을 때 그의 몸 위에 엎드리고
있던 것인데, 더 옛날엔 내가 자라면서 흘리는
침이나 눈물을 닦던 것이었다 어린이 옆에서는
한없이 질척해지고, 늙은이 위에서는 가혹하도록
무겁고 건조해지는 이 이불이 지금은 우리
아래에서 군데군데 젖고 끈적하다 진창에서 구른
것처럼 더러운 이불이라고 말하자 네 안색이 좋지
못하다

　짙은
　어두운
　격자무늬처럼 촘촘하게 짜여진 나의 유년 시절을
쉼 없이 말할 때

　맞아
　다 그런 거지

　나도 그렇게 자랐거든
　더러운 탁자를 닦은 손수건을 부은 내 목에 칭칭
감아 주면서 내가 아프지 않기를 바라는 자들의

손에서

　사랑이란 게
　원래 그렇게 더러워
　성장이란 건
　원래 이렇게 구차하지

　그래서 뻔하고 슬픈 거야
　나에게 관여한 사람이 죽는다는 것도

　그래도 그들은 나를 사랑했을 거야 내 이를
고르고 하얗게 만들어 주기 위해서 치과에 자주
데려갔거든
　내 고르고 하얀 이, 아무도 상처 입히지 않는 내
입안,
　가장 단단하고 보잘것없는 비밀을 봐 이게 내가
가진 것 중 가장 비싼 것

　아무도
　상처 입히지 못하는 가장 비싼 것
　얼마나 볼품이 없니

　입을 벌리면
　붉고 끈적한 혀와 내벽 안으로

램프의 인공 빛과
인공적으로 빛나는 먼지와
인위적으로 가설한 비밀이

뛰어든다
습격한다
넘어간다
극복한다

그것을 네게 건네주기 위해서는 입을 벌리고
혀를 겹쳐서 정확하게 목구멍 깊은 안쪽을
짓눌러야 했다

　°

　`

똑바로 자는 사람은 조용하고 신중한 유형이래
　고대 왕처럼 두 손을 포개고 두 다리를 적절하게
벌린 채 눈을 감은 네 이마를 만지며 말했다

그런 걸 군인형이라고 한대
너도 다 부수고 싶니?
전쟁을 일으키고 싶니?
아무 죄 없는 늙은이들을 다 죽여 버리고 싶니?
벽을 깨뜨리고 교회 종을 녹여 개머리판을
만들고 싶니?

네 감은 눈 안에서
어떤 폭력이 실행되고 있는지
다 훔쳐보고 싶은데

나를 키운 자도
잠든 나의 이마를 만지며 이런 걸 궁금해했겠지

이 작은 머릿속에서 얼마나 끔찍한 상상이
일어나고 있는지
혹시 그 상상 속에서 내 사지가 산산조각 나
있지는 않을지

아기 머리에 손 올리지 마라
숨구멍으로 신이 빠져나가야 인간이 된다

결국 다 미신이야
산 사람의 집과 죽은 사람의 무덤을 적절하게
조화시키는 기술 말이야

그래도 여전히 동지에는 팥의 판매량이
높아진다더라
우리는 아직도 진단보다는 미신을 사랑하나 봐

물 마셔
남기지 말고

일렁이는 투명한 컵 너머로
네 볼에 부풀어 오른 격자무늬를 본다

너는 오래전부터 미동도 하지 않는데
네 둥근 이마 위에 햇빛이 넘나들어서 꼭
이마만은 춤을 추는 것처럼 보인다

캠프파이어

기름을 먹여
불꽃을 길렀다. 내 노후를 위하여.

훈육도 보상도 필요치 않은 교육이
얼마나 편리했는지. 나는 아플 때마다
불꽃에게 기름을 먹였다.

처음으로 불티가 튄 날짜 아래에
적었지. 태어난 것이 처음으로 나를 배반했다.

나는 그간 형편없이 연약했던 사람이라
아무도 나를 배반하려는 음모를 꾸미지
않았었는데…

훈육의 보람
캠프파이어의 묘미

그을음이 툭툭 묻어나오지. 다 타버린 나무토막과
신문지.
이제는 콱 쥐어 으스러뜨리려고 해도

결과만이

58

뚜벅뚜벅

부끄러운 말이지만
꽤 오랫동안 사랑이
자연발생한다고 생각했어.°

피로나 불면, 무대와 상업 행위 없이 자연스럽게
생기는 사랑, 부연 설명과 조립 설명서는 없음.

뺨이 간지러워 손등을 대고 문지르자
그을음이 묻어나왔다. 나를 더럽히지 않는 어둠이
손바닥에 고여 있었다.

집 안에서 불을 붙이면 벽지가 울고 천장이
변색된다지.
보증금이 참 많이도 까일 것이다.

부잣집 노인네들은 아이를 기르는 여자에게 집을
빌려주질 않아. 내가 불꽃을 기른 것처럼 그들은
집을 길렀거든. 남들의 돈을 빼앗아서. 차곡차곡.
벽돌 사이 쌓인 그들의 양육의 흔적을 봐. 저런
양육도 저런 사랑도 자연스레 발생하지 않는다.

내 안에서 자란 것들은 나의 생명을 배반한다.
배반함으로써 나를 살아 있게 한다. 영정 사진에

그을음을 묻히는 방식으로.

활화산처럼 일렁이는 캠프파이어는 추도식에는
어울리지 않는다.

내 뺨의 그을음을 닦아 주러 걸어오는 불꽃의
그림자를 지켜보고 있다.

◦ X(구 트위터) 사용자, 닉네임 쇼코의 트윗. 인용 허락을
받았다.

집은 영원히 말랐다가 뚱뚱해지기를
반복한다 — 알라나 유난을 기다리며

나는 천국이 놀랍지 않다.
천국은 예를 들면.

근무자의 인권이 완벽히 지켜지는 공짜 호텔.
아무도 사랑과 미움을 헷갈려 연인의 뺨을
때리거나 엄마의 손등을 할퀴지 않는 보육원.
엑셀로 정리된 영혼의 목록이 있는 천국의 문 앞
접수대.

그러니까 소원을 빌 때 신중해야지. 악마가
소원의 대가로 요구하지 않을 만한 더러운 영혼을
간직해야지. 사람 일은 혹시 모르니까 잘
대비해야지. 악마가 나타나서 나의 영혼, 혹은 이
집에서 가장 먼저 태어날 것과 내 소원을 등가
교환하고 싶어할지도 모르니까 말이다.

놀라운 것은 천국이 아니라 태어난
아기.

아기를 더 가까이 들여다보기 위해 짚었던
손자국이 유리에 덕지덕지 묻어 있는데, 그 유리에
코를 바싹 들이댄 채로 각자의 아기들을 찾는다.

아기는 깨끗하게 살균된 공간에서부터 자신을
위해 마련된 패치워크, 모빌, 유아차, 기저귀들이
가득한 집으로 온다. 방문한 적 없는 곳에 돌아올
수 있는 아기의 초능력, 단단한 팔 안에서 부릴 수
있는 초능력.

아기는 이 집에 존재한 적 없으면서 동시에
존재한 적 있다.

집은 아기에게 낯선 공간이지만 집은 아기를
낯설어하지 않는다. 집은 아기를 환영한다. 깨지기
쉽지만 아름다운 유리로 만든 것들이 가득했던
집은 아기를 안고 감싸기 위한 부드러운 천으로
가득해진다. 부드럽고 뚱뚱해진 집은 아기를
껴안는다. 집은 가만히 있지 않는다. 집은 아기의
맑은 침으로 쉴 새 없이 젖어 가면서 변화한다.
부드러워진다. 영원에 가깝게 부드러워지는 것이다.

집에서 무언가가 태어난다면 그건 아기가 아니라
또 다른 집, 부드러운 집이다. 부드러운 집으로
시작해 나이가 들어가면서 점차 빛나고 반짝거리고
깨지기 쉬운 것들로 채워진 집으로 변해 간다.

어떤 기억의 부피는 집만큼 크고
어떤 기억의 들이는 중정만큼 깊다

이 집의 설계는 아주 오래전 시작되었으므로
담벼락을 따라 산책하는 사람들은 집이
탄생했다고 믿었다

사실 이 집 안에 있는 것들 중에 만들어진 것은
없다
모두 태어났다

집은 기억하고 있다

텁텁한 관목을 망토처럼 두른 중정, 투명한 물이
힘차게 거꾸로 솟아오르는 분수, 정원 한복판에
개선장군처럼 서 있는 여자아이 동상. 모두
태어났다.

중정에 쏟아지는 빛들은 모두 허공으로 터져
나오는 물줄기와
자신의 빛나는 속성을 거침없이 교환하고 풍선이
터지듯 완전하게 사라졌으며

동상이 태어날 때는 분수 안으로 청동 조각들이
마구 뛰어들었다. 청동 조각은 맑은 물 아래로

가라앉았다. 그것은 빛과는 달리 질량과 부피가
있어 완전히 사라지지 않았다

　이건 진실이다
　내가 모두 보았다

　팔짱을 끼고 테라스에서 분수와 동상과 청동을
바라보았다 텅 텅 무거운 소리와 함께 조금씩
태어나는 나의 새로운 아이를
　청동 조각과 함께

　영혼이 물속으로 잠길 때
　차가운 수온 때문에 희뿌연 영혼이 흔들리며
내는
　끔찍하고 길고 구슬픈 비명 소리

　텅
　텅

　청동이 끝을 따라 부서지는 소리
　아이 대신 동상이 태어나는 소리

　그날은 비가 내렸지

　집은 기억한다

조각가가 천을 끌어내리고 완벽한 동상을 보여
주었을 때
나는 테라스에서 우산을 챙겼다

새로운 아이는 너무나도 완벽해서 우산이 없어도
젖지 않고
나도 그것을 잘 알고 있지만

젖은 청동은 더 강하고 짙게 빛나서
그 빛이

청동의 속성을 물줄기와 교환하고 사라질까 봐
영원히 사라질까 봐

나는 이제 청동 조각상을 주문 제작할 돈도
없는데
또 영원히… 사라질까 봐…

조각상에 우산을 씌워 준 채로 오랫동안 서
있었고

집은 내가 얼마나 오래 서 있었는지를 기억하고
있다

산책하는 사람들이 담벼락을 훑는 소리가 들린다

이 큰 집에,
이 깊은 중정에,

단단함을 만지는 소리가 꽉
찬다

슬프게 고이고 퍼내기

내가 어릴 적에는
마른 대추가 살아 있다고 생각하고는 했다

등나무 가구들로 가득 찬 거실은 커다란 짐승의
뱃속처럼 정교한 위치에 나무들이 박혀 있었다
손자국이 난 유리를 받치고 있는 탁자와 약재의
이름이 한자로 새겨진 장식장들이 역사처럼
굳건했다 아직 굳은살이 없는 손으로 오목새김된
한자들을 만지고 있으면 할머니가 내 어깨를 잡고
나와 언니와 동생의 병명들을 하나하나 읊어 주곤
했다 그는 우리를 너무나도 사랑해서 우리 뱃속
안의 허약한 것들을 기막히게 짚어 낼 줄 알았다
자주 기침을 하던 내 뱃속은 유리로 만들어진
것처럼 연약했지 할머니는 내 몸 여기저기를
만지며 그가 세운 이 붉은 벽돌의 짐승 뱃속과 내
뱃속을 바꾸고 싶다고 생각했을지도 모른다 등나무
탁자는 양손을 하늘로 뻗은 것처럼 단단하고
활기찬 형태를 가지고 있어서 어떤 인간이라도
탐낼 만했기 때문이지 할머니는 내 배를
문지르면서 나지막한 노래를 부르곤 했다 노래는
그 기호의 신비함에도 불구하고 내 장기를 어떤
것과도 바꾸어 줄 수 없었다 대신 나는 낮잠에 들곤

했는데 그 잠이 아주 길고 무겁고 편안했지 잠든
아기만큼 선한 존재는 없어서 나는 잠들 때마다
짐승의 뱃속에서 가장 아름다운 천사가 되었다

　깨어나면
　둥근 갈색의 등나무 탁자 아래에는 열심히
펼치고 가르고 닦은 대추가 있었다 커다란
통유리를 통해 들어오는 햇빛 할머니는 그것들
중간에 앉아 있었다 여러 가지 색깔을 거느린
것처럼 보이는 할머니의 얼굴 주름마다 각기 다른
색깔의 빛이 고였다가 떨어지는 것이 이 짐승
뱃속의 신 같아서
　뒤척거렸다
　천사 좀 봐달라고

　할머니가 고개를 들 때
　그의 손 안에 들린 대추들

　내 배를 어루만지는 것처럼
　끈질기고
　상냥하고
　부드럽고
　조금은 슬프면서 역겨운

　그 손길로 잘리고 베이고 펼치고 갈리고 닦이는

그것들이
  살아 있지 않다고 생각할 이유가 없었다

  할머니는 바닥에 널린 것들을 밟지 않는 세련된
무릎걸음으로 내 옆에 다가와
  빳빳하게 풀을 먹인 치마 위에 내 둥근 뺨을 올려
주면서

  그는 이 말씨를 잊지 않으려고 벽을 세우고
등나무 가구들을 채우고 두꺼운 커튼을 달았다

  부드러운 사랑이
  자신의 거칠고 광폭한 슬픔을 빼앗아 가지
않도록

  나는 잘못 유전되었다
  거칠고 광폭한 사랑
  부드러운 슬픔을 가진 아기였지

  그래서 이런 말을 할 때 망설이지 않았다
  엄마 언제 와?

때론 죽은 자를 기다리는 것보다
죽지 않은 자를 기다리는 게 더 고약할 때가
있다는 것을

할머니는 대추를 손질하고 말리는 집 한가운데에
나를 앉혀 놓는 방식으로 가르쳤다 그럴 때 두꺼운
커튼을 겨우 반쯤 통과한 가을볕이 나를 말라붙게
하려고 노력하고 있었다

투명하고 깊은
지

웃는 얼굴이 바쁘게 나를 밀치고 지나갔다.
나에게 사과를 하려고 반쯤 돌린 그 얼굴은 어리고
앙그러졌다. 맑은 빛이 이목구비마다 고여 있어서
그 얼굴이 앞으로도 한참 자랄 것이라고 짐작케
했다. 고개를 옆으로 까닥이는 목덜미. 다시 앞을
보고 달리기 위해 검은 머리카락을 귀 뒤로 넘기는
손가락. 얼굴이 가지고 있는 방식들, 그러니까 나를
비롯한 여러 행인들을 외면하기 위한 그 방식들이
얼마나 세련된지를, 나는 길 한복판에 서서
바라보고 있었다. 얼굴의 머리카락이 연처럼
펄럭였다. 얼굴의 머리카락이 모퉁이를 따라 도는
몸을 따라서 꺾였다. 모퉁이에는 붉은 벽돌로 만든
집이 서 있다. 나는 얼굴이 스치고 지나가 조금
밝아진 벽돌을 만지작거린다.

안쪽으로 휘어진 유리문을 민다. 오래된 유리는
바람을 먹고 휘어진다. 한 집에 오래 살아야만 알
수 있는 건축의 신비다. 유리문과 철제문을 열고
들어가면 한가운데에 노랗게 빛나는 구덩이가 있다.
각자의 소파와 흔들의자에 너무 오래 앉아 있어서
살과 뼈가 눌러붙은 사람들의 흔적이다. 비가 올
때는 끈적끈적해지는 구덩이다. 구덩이를 피해 손을

씻으러 물받이로 걸어간다. 구덩이의 빛들이 나를
따라와 내 손을 바라본다. 자신들의 빛과는 다른
달콤하고 가벼운 빛을 바라보는 것이다.

　내가 태어났을 때, 이 구덩이에서 잉어가
튀어오르는 꿈을 꾼 여자가 있었다. 그 또한 이
구덩이에서 태어났으므로 얼굴이 따뜻한
노란색으로 빛났다. 그러나 그의 얼굴도 비가 오면
끈적끈적해졌다. 그래서 그는 한랭 기후의 춥고
낯선 땅에 가서 살고 싶어했지만 꿈을 이루지는
못했다. 대신 그는 갓 태어난 나의 얼굴에서 노랗고
두꺼운 빛을 닦아 벗겨 내주면서, 내가 빛 없이
맨들맨들한 얼굴을 하고 자라기를 바랐다. 아무런
특색도 없도록. 휘날리는 머리카락은 머리카락으로,
웃는 얼굴은 얼굴로 보이기를 바랐다.

　가끔 내가 울고 있으면 구덩이의 빛들은
묵직하게 흘러와 나의 주변을 맴돌곤 했다. 여자가
나를 얼마나 열심히 닦아 냈는지 알고 있기 때문에
빛들은 나를 끌어안을 생각을 하지 않았다. 그래서
나는 건조하고, 바삭바삭하고, 맨들거리는 몸으로
자랐다. 빛들은 내가 공부하기 위해 몸을
웅송그리는 등을 보는 걸 좋아해서, 내 등 뒤에서
맴돌고 기웃거렸으므로 등이 빛에 거무스름하게
탔다. 등은 내가 가진 피부 중에 가장 어두웠다.

내가 자란 집에는 의로움이 가득 차 있었지만,
그곳에서 자란 내 얼굴에는 오늘 보는 것처럼
부끄러움이 있을 뿐이었다.°

나는 손을 닦기를 멈춘다. 빛이 덜 닦인 손이
마치 웃는 얼굴처럼 가볍다. 쪼그리고 앉아
구덩이를 들여다본다. 내 시선을 따라 움직이는
노란빛의 구덩이. 구덩이 깊숙한 곳에서 물이
튀기는 소리가 들린다. 어쩌면 아직 잉어가 살고
있는지도 모른다. 여자의 꿈에서 탈출한 잉어가
나와 같이 태어났는지도 모르는 일이지. 매년
중복에 잉어찜을 하던 여자의 얼굴을 떠올린다.
어쩌면 여자는 뜨거운 손으로, 구덩이를 휘저어,
나와 함께 태어난 잉어들을 손낚시로 잡아
올렸는지도 모른다. 거무스름한 솥에 잉어와 무와
부추를 차곡차곡 겹쳐 올렸는지도 모른다.

여자가 잉어 꿈을 꾸었을 때부터 나는 반쯤
태어난 걸지도 모른다. 여자는 내가 온전히
태어나면 무를 수 없을까 봐 구덩이 안에 잉어를
넣어 둔 건지도 모른다. 매년 내게 잉어 한
마리씩을 먹이면서, 나를 언제 물러도 좋을지 재고
있었을지도 모른다. 그래도 여자는 몰랐을 것이다.
사랑한다는 건 그에게 뭔갈 먹이고 싶어하는

마음이라는 걸. 여자가 잉어를 잡아 내게 먹였을
때부터 그는 나를 무를 수 없었을 것이다.

　내가 손을 털고 일어났을 때, 구덩이는 언제
그랬냐는 것처럼 잠잠해졌다. 파동조차 일지 않는
두껍고 짙고 무거운 빛은 깊은 수심을 가진 것
같았다. 바닥이 빛으로 화창하다. 아직 한참 자라도
될 것처럼 보인다. 바닥에서 모인 빛이 튀어 올라
웃는 얼굴로 바쁘게 나를 밀치고 지나간다.

회복하는 사물이 훼손하는 것들

폭설.

너는 작은 집
나무 창틀에 턱을 괸 채로

이목구비를 모두 얼려 떨어뜨릴 것 같은 매서운
바람이 불어도 저 멀리를 바라보는 일을 그만두지
않았다. 네가 마른 나뭇가지 같은 손가락으로
가리키는 지평선은 늙은 개의 가죽처럼 얇고 축
늘어져 있었다. 길과 뒤섞이고 마모된 지평선을
가리키면서, 너는 저 헐은 곳에서부터 오는 사람을
위해 창틀에 턱을 괴는 일을 멈추지 않았다. 바람에
창틀이 덜거덕거릴 때마다 나는 불안한 얼굴로
너를 봤다. 차를 한 번 더 우려 주겠다고, 창틀의
먼지를 닦아 주겠다고, 네 발등에 떨어진 과자
부스러기를 줍겠다고 네 주변을 빙글빙글 돌면서
네 얼굴을 훔쳐봤다.

폭설.

정확한 담론의 적용에 자신을 내어 주지 않는
것은 존재하는 것이 아님. 우리가 지속이라고

부르는 것. 다시 말해 시간 일반을 부정하는
생각.°

　폭설.

　네가 애지중지 만지고 쓰다듬는 캔버스를 옆에서
본다. 캔버스와 내 허리의 둘레를 비교하고 가늠해
보는 우울하고 까다로운 병력을 멈추지 않는다.

　폭설.

　너희가 집들이 선물로 준 것들을 만진다. 나는 이
집에 끊임없이 사람들을 초대하는 버릇을 여전히
고치지 못했다. 너희는 나와 너를 축복하는 법을
습성처럼 열심히 익혀서 이 집으로 들고 왔다.
너희는 대체로 우아하지 못했다. 너희의 손에 들려
있던, 주로 빛나고 둥글고 연약하고 자주 고장 나고
비싼 것들. 스스로 빛을 낼 수 없지만 빛의 반사를
멈추지 않는 성가신 것들. 나는 재료를 보는 밝은
눈을 가지고 있지 않아서 그것들을 유리라고
불렀다. 그 유리들은 아무도 먹이지 못하는 주제에
부엌과 난간에 아름답게 자리를 잡고 오랫동안 서
있었다. 나는 불 앞에 오래 서 있느라 뺨이 붉게
물든 채로, 많이 먹어. 더 먹어. 더 줄까? 싸줄까?
나는 너희를 사랑해서 끊임없이 먹이고 싶어했고

너희는 나에게 먹일 수 없는 유리를 줬다. 너희
사랑하기를 그만두라는 것처럼. 내 사랑을 먹어치운
너희가 보고 싶을 때 나는 그 유리들을 막 깨물어도
봤다. 바닥에 그것들을 세게 던졌다. 둔탁한 소리를
내면서 계단 아래로 굴러갔다. 그것들은 유리가
아니라서 깨지지 않아. 여전히 창틀에 턱을 괸 네가
돌아보지 않고 말한다. 나도. 유리도. 돌아보지
않고.

　폭설.

　너는
　나무 창틀에 턱을 괸 채로

　흰 얼굴로

　폭설
　폭설
　폭설
　폭설
　폭설

　폭설.

나는 나무 창틀에 턱을 괸 채로
창백한 얼굴로

　누군가 저 멀리서 내 얼굴을 광원 삼아 어둠을
샅샅이 헤치며 걸어오고 있다.

。 앙리 베르그송, 『시간에 대한 이해의 역사』(그린비, 2024)

3부

나 너와 검은 해변을
산책하면서
전 재산을 잃었어

유물

지나가는 사람 봤어?

걷는 게 위태롭고
표정은 납작하대

분명 낯선 생김새였어
멀리서 보면 투명한 구슬 같았을 거야

너도 봤다면 분명 만져 보고 싶었을걸
매끄러운, 하얀, 끈적끈적한, 차가운, 둥근 낯섦

면사포 쓴 여인만이 그런 환영을 받지°

하비비°°,
나 너와 검은 해변을 산책하면서 전 재산을
잃었어

내가 잃은 무성한 것들이
유리와 플라스틱 조각이 되어서
머리 위로 쏟아지고 있어
우수수 우수수…

손바닥으로 두 뺨을 감싸면
햇빛에 달궈진 돌처럼 동그랗고 따뜻해

손을 떼면 핏줄기가 쏟아지지

축축한 냄새가 퍼진다

　찬장에는 멸종을 대비한 통조림이 쌓여 있다
그것들은 오랫동안 그 자리에 박혀 있었다
통조림은 내 손아귀보다 둥글고 단단하다 꼭 쥐고
그를 일으켜 세우면 남아 있는 끈적끈적한, 둥근
자국
　통조림은 오래되었지만 새롭고 낯섦을 전제한다

이따금씩 나는 물려받곤 했다
통조림이 남긴 형태들을

끈적한 자국
내 손에 남은 과거의 유물

애쓰고 있다
그것들조차 낯설게 느낄 수 있도록

사람들은 새롭고 낯선 것만을 좋아하고
연인들은 끈적하고 비린 것만을 좋아한다

하비비,
네 어깨에 기대 밀려드는 파도를 보고 있지

통조림 따개와 깨진 유리컵 조각들이 섞여
있어서
안쪽에서부터 강하게 빛나고 있어

자연과는 명백히 다른 풍경이 가까이 오고
있다고

손 쥐 봐

네 손을 쥐고 아주 멀리를 가리킨다
저기 보여?

해변의 연인들
변명이 많지

유달리 큰 통조림이 항해를 하고 있고
우리 손가락 사이에서 끈적한 것들이 증식하고
있다

◦ 마티 디오프 감독의 영화 「애틀랜틱스」(2019)의 대사.
◦◦ حَبيبي. 아랍어로 〈나의 연인〉.

까떼나°

우리는 교대로 잠을 잔다
오래되었다

사랑해
언젠가 나는 그 말을 하면서 너의 혀를 깨물고
싶었지
너의 도톰한 설소대를 혀끝으로 문지르면서
이 부분이 짧아서 사랑한다는 말을 할 때 짧은
소리가 나는구나
알고 싶었지
해부학을 배우지 못한 내가
너의 몸에 대해 알 수 있는 유일한 방법이
너를 깨물고 핥고 씹는 것뿐이었거든
차라리 콱 먹어 버렸으면 좋겠다고 생각했어
너의 살갗에 앞니를 문지르면서
네가 기르는 뱀이나 내가 기르는 개를
부러워하곤 했지
개네들은 다 뭔갈 잡아먹을 수가 있거든
자길 떠나가지 않게 하기 위해서 살갗에 갈고리
같은 이를 박아 넣고 찢어서 삼켜 먹을 수가 있어
진짜로 씹을 수가 있어
진짜로 배 안에 넣을 수가 있어

가지고 다닐 수 있어
너로 나를 만들 수 있어
네가 내가 될 수 있어

잠든 너
다 자라서 내 앞에서 아기가 된 연인
머리카락과 팔뚝에 이를 대보지
네가 잠들었을 때만 할 수 있어
싸우지 않는 식사 먹을 수 없는 싸움
고른 숨을 부풀리는 네 가슴팍을 쳐다보면서
너를 계속해서 씹고 있을 때 문득
내가 잘 때도 너는 나를 씹어 보는지 궁금해졌어

다음 번 내가 자야 하는 차례에
나는 교대 순서를 어기고 잠들지 않고 기다렸지
내 어느 부분에 네 이가 와 닿는지를
하지만 한참 동안 나를 내려다보고 서 있던 너는
조심스럽게 나에게 다가와
내 입술을 손가락으로 벌리고
내 혀 아래에 동전을 넣어 주었다
입 속에서 동전이 금방 미지근해졌다

내가 실눈을 뜨고 너를 바라보자
네 두 손은 내 입술과 네 입술을 동시에 만지고
있었다

너는 나를 만지면서 밀어내고 있었지

네가 나를 만졌기 때문에 나는 네가 완전히 내
바깥에 있다는 것을 깨닫고 있었다

환희에 찬 수동성의 상태

흰 가벽에서 시작한다.

소리가 이렇게 얇은 벽을 통과하지 못한다고?
만질 수 없는 것이 만질 수 있는 것을 통과하지
못한다고? 투명함보다 열등한 불투명함을 오랫동안
배워 온 보람이 없잖아.

이론이 망가지는 흰 벽에 등을 기대서 풍선껌을
불었다. 교회를 만들려고 세운 가벽이었는데 신이
죽었는지 목사가 죽었는지 신도들이 죄다 죽었는지
아무튼 누가 죽어 버려서 그 안은 영원히 텅 비어
있었다. 동네 한복판 흰 가벽 네 개는 갓 태어난
고목처럼 보였다. 희고, 반짝이는 새것이었다.
매끄럽게 빛나는 것처럼 보이다가도 가까이
다가가면 맨살에 상처를 남기는 울퉁불퉁한 요철이
있는 모순적인 벽이었다. 나는 벽에 이마를 기대고
너를 벽의 건너편에 세웠다. 노래 연습을 했는데,
너는 내 소리가 하나도 들리지 않는다고 했다. 벽은
내 노래를 먹어치우고도 조금도 자라지 않았다.

벽의 아랫부분은 동네 개들이 싼 오줌으로
누렇게 물들어 있었다. 우리는 그 누런 자국에

정강이를 대지 않으려고 노력하면서 동시에 옴폭
파인 등만 벽에 완벽하게 기댈 수 있도록 아랫배에
힘을 단단히 주고 서 있었다. 너는 내가 잘 서 있을
수 있게 도와주려고 팔을 뻗어 내 목 뒤에 댔다.
너의 팔은 내가 질릴 때마다 물어뜯어서 생긴
상처가 부풀었다가, 물집이 잡혔다가, 고름이 터져
흐르면서 그 안이 텅 비어 있어서 유난히 가볍고
산뜻했다. 바람이 세게 불거나 외벽이 흔들리면 네
팔이 요란한 소리를 내며 저편으로 굴러갈 것
같았다. 네가 팔이 없으면 내 머리를 땋아 줄
사람이 없어서 나는 목과 배와 정강이에 고르게
힘을 분포한 채로 벽에 기대어 서 있었다. 외벽과,
네 팔과, 내 목에는 아주 조그만 틈새들이 있었다.
게다가 온몸에 힘을 고르게 준다는 건 대부분의
현대인들은 하지 못하는 일이었으므로, 내가 그렇게
할 수 있다는 것, 그러니까 멋지게 서는 기술을
발명한다는 것은 중요하고 유일한 나의 장기였다.
나는 몸에 힘을 고르게 줌으로써 외벽과 네 팔과 내
뒷목 사이의 장소에서 발생하는 모든 움직임을
완벽하게 통제할 수 있었다. 가장 효과적으로는 그
사이에 신을 하나 설정하는 것이었는데, 그것은
내게 팔을 빌려 주다가 그 자세로 영원히 굳어서
늙어 버린 너였다.°

　동네의 마지막 개가 죽었을 때 우리가 그 외벽을

샀다. 우리 사이에는 동네의 마지막 개의 후손이
자식으로 딸려 있었다. 나를 닮아 인내심이 없었고
너를 닮아 나에게 순종적이었다. 자식이 생기면
집이 있어야 했다. 나와 너는 흙먼지 날리는 길에서
살림을 차렸지만 자식에게는 베르가못 향기가 나는
침실과 따뜻한 머그컵 같은 것들을 주고 싶어지기
마련이다. 외벽의 아래는 시커멓게 변색되어
있었다. 내 골반께쯤에는 회색 자국이 점점이 나
있었다. 그것을 손바닥으로 문지르자 싸구려
풍선껌의 딸기 냄새가 났다. 이걸 다시 하얗게 할
수 있을까? 내가 질색하자 너는 한 손으로는 흰
털이 풍성한 우리의 자식을 쓰다듬으면서 고개를
끄덕인다. 네가 주먹으로 벽을 가볍게 두드린다.
아무 소리도 나지 않는다. 아직 안이 썩지 않았어.
좋은 재료로 만들어진 것이라고, 네가 가벽을
정성스레 어루만진다.

네게서 개를 건네받은 채로 가벽에 등을 기댄다.
팔다리에 힘을 고르게 주려고 애쓰는데, 품에 안긴
개 때문인지 멋진 자세로 설 수 없다. 네가 다가와
붕 뜬 내 뒷목 사이 장소에 팔을 밀어 넣는다. 나와,
개와, 벽의 움직임을 완벽하게 통제한다. 네 팔부터
얼굴까지 느리게 시선을 옮길 때

우리 참 많이 늙었구나

우리의 오래됨과 시간의 지속성과 망가진 혈통을
생각하는 동안 원래 신의 것이었던 가벽이 동네
개들의 오줌과 어린애들의 풍선껌을 묻히고 돌아와
우리 집이 될 준비를 마친다.

휴가형상

。

　말을 좀 그만해야 해. 글로 적히면 잃어버리는
영혼들을 생각해. 가령 집의 영혼. 나는 사랑도
죽음도 나라도 모두 집에 비유했기 때문에 사랑도
죽음도 나라도 그리고 집도 가지지 못했으니까.

。

가장자리에서
숨이 소리가 된다

더 낮은 음역대의 교향곡을 듣고 싶어
그렇다면 숨을 참고 느리게 뱉기

물속에서 손잡고 걸어 본 적 있어?
난 있다

그게 자랑이 되는 먼 계절을 생각하며
물속에 뛰어들지

물속을 산책하는 우리를 피해서
점점이 흩어졌다가
지나가면 다시 모이는

아무리 세게 던져도 깨지지 않는 유리 조각 같은
물

물속에서 빛을 걷고 오목한 손바닥에 잔뜩 얹어
네가 주먹을 쥐었다 펴면 없어져 버리는 그 선물

우리 사이의 빛과 물

　○

너는 아름다운 것들을 만드는 방법을 알았지.
나는 아름다움이라면 끌이나 정 같은 날카롭고
단단한 것들을 떠올렸다. 그러나 너는 신발을 신지
않고 죽은 산호 위를 걷는 관광객처럼. 낯설고
어리숙하고 엉성한 움직임으로. 비틀거리면서.
부드럽게 종이를 문질러 아름다운 것들을 만들어
냈다.

내 턱 만져 봐. 둥글고 말랑말랑하지?

천사의 턱도 그랬을 것이다.

　○

돌이 연인이기를 바라는 사람. 물과 빛이
연인이기를 바라는 사람. 나는 언제나 후자를
고른다. 예측할 수 없는 표정과 얼굴을 원한다. 그의

변덕스러움에 상처 입기를 원한다. 그의 죽어 버린
표정 사이의 날카로움을 읽고 그 예리한 단면에
발뒤꿈치가 온통 베어 버리기를 바란다. 내 상처들
사이에서 흩어지는 피. 거대한 물이 피를 삼킨다.
누군가는 내게 사랑과 무관한 마음을 꾸려 보라는
말을 했지만 거대한 물속에 상처 난 발뒤꿈치를
넣고 흔들어 헹구고 씻는 것만이 내 더러운 마음을
보존할 수 있는 방법이라면

。

산책을 마친 네가 주머니 속 돌을 내민다
빛을 받아 왼편과 오른편 돌의 얼굴이 다르다

무엇이 나와 닮았냐고 물으면

쥐면
따뜻해진다는 점이

돌아오는 대답

너는 돌이 연인이기를 바라는 사람이었네

。

걷은 빛을 어깨에 지고 와서
오늘 물속 산책이 너무 무거웠어

그랬구나

　오늘은 이만 자야겠네. 내일 어깻죽지가 아프지
않으려면. 내 눈 위로 부드럽고 얇은 천을 덮어
주고 이마를 짚어 주며

　　°

　만질 수 있지만 잡을 수 없는 것
　그게 뭔지 알 것 같아

몬순과 파생

°도착
도착하고
당황했다

긴 휴가를 시작하는 합당한 방법

낯선 도시를 감각하기

낯선 형태의 발코니를 보고 당황하기

검은 창살들. 매끄러운 손. 연갈색 머리카락.
햇빛. 웃는 얼굴. 연약하고 두터움.

모두 유난히 무거운 버터 덩어리 같다

여기까지 어떻게 왔어?
걸어왔지

걸었지
헤맨 게 아니었다

°두 개의 도시

모든 것이 모호하고 두루뭉술하네 감사할 때도
사과할 때도 사랑할 때도 번역된 인사를 거쳐야만
해

°시계탑
나를 가로질러 통과해 가는 시간에 대해
어떻게든 저항해 보려고 애쓰는데 녹록지 않다

°발코니
문을 연다
스미는 풍경이 아름답다고 말한다

°광장
유리를 부는 사람의 입술. 둥글게 부푼 유리
사이에서 반사되면서 웃는 것처럼 보인다. 그의
웃음은 직업과 함께 대대로 물려받았다. 차갑고
둥글고 매끄럽고 주웠다 버릴 수도 있고
깨뜨렸다가 모래와 섞어 불에 넣으면 다시
돌아오는 웃음.

내게도 대대로 물려받은 웃음이 있다. 무겁고
포근하고 항상 약간 젖어 있는 것. 그것을 방 안에
두면 방은 어두운 빛으로 가득 차는데, 내 조상과
나와 내 후손을 제외한 사람들은 그것을 숭고한
빛이라고 불렀다.

°새장

오랫동안 새가 기거한 곳이다. 지금은 비어 있다.
그것 또한 내 방으로 가져왔다. 나는 텅 빈 것들을
모으는 취미가 있다. 창살 사이가 빛난다. 새가
있었다면 그 빛을 새가 먹었을 것이다. 새가 없기
때문에 빛나는 창살 사이를 보는 것이다.

창살을 만지다가 자면 꼭 새의 꿈을 꾸었다.
꿈에서 새는 빛을 잔뜩 먹어 뚱뚱하고 부드러워진
몸으로 내 베개로 뒤뚱뒤뚱 걸어왔다. 조그맣고
뜨거운 머리를 이마에 기대고 속삭였다.

나 말야
너 오는 꿈을 꿨어

눈을 가늘게 뜨면 여전히 창살 사이는 빛나고
있고
나는 그 빛으로 텅 빈 새장을 추측할 수 있었다

나 말야
너 오는
꿈을 꿨는데

그랬는데…

°전당포

내 물건들이 그리도 담백해 보일 수도 있다는 게
놀라워서 끈질기게 바라보고 있었다.

주인이 나에게 고개를 흔들었다.

울어서 해결될 것 같으면 법이 왜 있겠습니까?

난 아무것도 해결하려고 하지 않았는데…

그나저나 울어서 해결되지 못하는 일을 법으로
해결할 수 있다면

울음보다 법이 더 강한 거겠지

법을 만든 사람은 아주 많이 울었을 것이다

지금도 울고 있을지도 몰라

멍청하게 고개를 끄덕이자

버터처럼 무거워지는 물건들

내 것이 아닐 때만 담백해지는 물건들

°운석

넌 투명한 것들을 좋아해

나를 설명하기 위해 다음과 같은 말들을 자주
쓰지

투명함 부드러움 따뜻함 매끄러움 깨끗함

하지만 멀리서 투명하고 부드럽고 따뜻하고
매끄럽고 깨끗해 보였던 돌이

불과 함께 떨어져 네 집을 산산조각 내 버릴 수도
있다는 사실도 언제나 기억하도록 해

네가 사랑하는 것들은 힘이 세
네 사랑이 아닐 때만 부드럽지

°사인
너 오는 꿈을 가져다 팔았다
받은 돈 움켜쥐고 달려가서 다시 내 물건들을
바라봤다
묵직하고 아름다웠던 것들이
창살을 열고 내 손으로 올라오는 순간

가볍고
산뜻하고
담백하다

내 것이 아니구나

°창살
꿈에서 깼을 때
그러니까 내가 여전히 갇혀 있다는 것을
깨달았을 때

말을 해야지

풍경이 아름답네

이 그림자들을 붙들기 위해서 다 가져다 팔았지

내 숭고한 빚들을
대대로 물려받은 웃음들을

바퀴가 빠진 트렁크를 들고 다니느라 두텁게
잡혀 있던 물집이
어느새 몽돌처럼 굳고 곧게 자리를 잡은 손으로
나를 이끌지

힘이 세네
내 사랑이 아닐 때는 부드러웠겠지

단단한 것을 문지르며

돌아간다

울지 않고

샬레 위의 결손 세포

네가 나를 만지는 솜씨를 부린다.

너는 내가 기계라고 믿는 과학자다. 내가
도망가지 못하도록 꽉 끌어안은 채로 나를 만져
채집한다. 나를 꽉 쥐었던 손이 나의 양감, 나의
형태, 나의 질감을 재현하는 것을 본다. 아름다운
초상화. 나는 제외되어 있다. 주변. 모서리.
가장자리. 절벽 근처. 떨어지기 직전.

네가 실험복을 벗는다. 푹 파인 네 손바닥. 살갗이
닿을 때. 너는 나의 체온을 느끼면서도 네게
세상에서 가장 귀여운 기계라고 말한다.

나는 기계다.

네가 조심스럽게 만져 나의 눈과 머리카락과
장기를 바꿀 수 있도록 자연의 법칙을 빗나가는
기계.

방 한가운데는 빛나는 샬레가 있다. 아름다운
것들은 저 안에 잠깐 살을 들이민다.

나는 저 안에 들어갈 수 없다. 면밀한 시선은
오직 유기체를 위해 마련된 것이다. 나는 네가
만지면 부속품이 떨어지는, 조립할 수 있는, 먼지가
가득 쌓인 방에 처박을 수 있는 기계다.

너는 더운 물로 손을 씻는다. 손을 씻은 물로
샬레를 헹군다.

나는 네 앞에 세포의 형태로 서 있다. 분열하고,
결합하고, 균등해지고, 분리하고, 복제한다.
  방 안은 내 세포로 가득 차고, 샬레 위가 내
세포들 때문에 뿌옇게 손자국이 남고, 너 또한
기도가 막혀 컥컥거리는 소리를 내는데,
  여전히 너는 나를 샬레에 넣을 생각하지 못하고,
  나는 한 번도 네게 부족한 적 없었다. 네가 나를
만지러 올 때마다 나의 세포는 무한정으로
분열했기 때문인데,
  너는 나의 초상화를 걸어 두고
  텅 빈 샬레를 들여다본다.
  병에 걸려 끊어지고, 엉망으로 뒤엉킨 유전자가
필요하다고 속삭이는 네 얼굴을 들여다보면서 나는
나의 재현이 가지고 있는 나의 양감, 나의 형태,
나의 질감을 만지며 나를 복습한다.
  샬레가 빛나고 있다.
  빛이 너무 강해서 아무것도 보이지 않는데
  너는 끈질기게 현미경 안을 들여다보고 있다. 네
시선이 빛 안으로 스며들어 새로운 세포를 만들어
낼 수 있다는 것처럼
  나는 세포를 분열할 수 있는 가능성을 무시당한
채로
  초상화 옆에 진짜처럼 서 있다. 내 그림자가
햇빛을 따라 길게 휘어질 때
  너는 뭔가 찾았다고 생각한다.

목과 어깨를 구부리고 샬레를 들여다본다.

목과 어깨를 구부리고 샬레를 들여다본다.

집들이

젖었다 마른 집에서는 물고기 냄새가 난다.
그곳에서 온 초대장은 갑자기 내리는 비처럼
맑다.

혼자 살면서도 실내용 슬리퍼가 아홉 개나 있는
사람은 처음 보았지.
비닐 포장을 뜯어 나를 위해 준비한 새 실내용
슬리퍼를 내미는 그의 손.
누군가를 초대할 준비가 되어 있는 집은
이렇게나 아름다울 수가 있구나.

그가 나를 부르는 식탁에는 아직 물에 젖은
제철 과일과 펄펄 끓는 기름을 뿌린 생선 요리가
있다. 나는 느리게 그것들을 씹는다.

그가 정리한 그릇들은 테두리가 조금씩 젖은
채로, 희게 빛나고 있다. 도와줄까요, 내가
다가서면 꼭 그릇들이 하나씩 깨진다. 그는
온화한 얼굴로 페치카°에 깨진 그릇들을 넣는다.
타닥. 타닥. 그릇은 페치카 안의 불꽃으로는
불타지 않는다. 더 높은, 절절 끓는 불과 커다란
아궁이가 필요하지. 그는 그것을 알고 있으면서도

내 눈앞에서 깨진 그릇들을 치우기 위해 서둘러
페치카를 그릇들로 채운다.

　타닥. 타닥.

　깊게 숨을 들이마시면 내 입안을 채우는 생선
비린내와 미세한 유리 조각들. 그의 집에 오래
머물면 폐가 찢긴다. 그는 페치카의 문을 닫고
푹신한 의자에 나를 앉힌다. 그가 지나갈 때마다
흔들리는 복도의 촛불들. 일렁이는 빛이 그의
얼굴을 뒤덮는다. 벽으로 물러난다. 내가 그를
따라 걸어가면 다시 나에게 달려드는 빛. 그의
얼굴에서는 유난히 아름답던 빛이 내 얼굴에
덧씌워지면 사나운 수배범 몽타주처럼 변한다.

　타닥. 타닥.

　부엌에서 멀어져도 페치카 안에서 그릇들이 타는
소리가 들린다.

그가 나를 초대할 때마다
내가 그의 집의 일부를 부술 때마다

불이 소리를 낸다는 의외의 사실을
깨진 그릇을 감추어 주는 연인이 없는 사람은

이해할 수 없을 것이다.

　타닥
　타닥

　그의 손이 지나간 곳마다 나의 테두리가 조금씩
희게 빛난다.

○ 아궁이 안에 밀가루 반죽을 넣거나 냄비를 놓는 러시아식
벽난로.

공예일기

흉터. 상여. 수리를 깔끔하게 마친 구옥. 새 이불.
이것들이 무언가를 남긴 뺨을 본다. 점, 흉터,
보조개, 주근깨. 연인의 뺨이 헌 것들을 향해 열려
있는 것을 본다. 뺨을 닮게 유리를 연다. 모래가
부풀고, 녹고, 유리로 굳어질 때 모래와 유리의
영혼이 서로 닮아 가는 것을 본다.

시차 교환

맹목적으로 헛것을 찾고 있었어. 그것은
불투명하지만 모든 것을 통과시킬 수 있는 것이야.
수화기 너머로 네가 끊임없이 그게 뭐냐고
물었지만, 이름을 붙일 수 없는 것이어서 나는 이름
대신 그것의 속성을 속속들이 말했어. 얕은 물에
담근 손처럼 일렁거리고, 솔기를 뜯어 빤 이불처럼
흔들리고, 딸각장처럼 비밀이 많다고. 너는 그것에
대해 아주 잘 알면서도 이름을 모른다는 게 믿을 수
없다고 말했다. 그래서 나는 그것에 대해 핵심을
말해야만 했는데. 너를 납득시킬 수 있는 불가해의
영역, 미지의 아름다움을. 그래서 나는 네 이름을
말했다. 너는 그런 희귀한 단어는 처음 들어 본다는
것처럼, 내 발음을 따라 했다. 한평생 그런 아름다운
발음은 처음 들어 본다고 네가 말했다. 내가 네
이름을 솜씨 좋게 발음할 때, 너의 입술이
어린아이처럼 더듬거리며 벌어진다.

세탁소 가는 길

네 실종 선고가 내려진 날

　너의 셔츠를 가지고 세탁소에 갔어. 세탁소
아저씨는 우리 동네에 오래 산 좋은 어른이었다.
그는 건네는 옷들에 집중했고 그것을 입었던
몸들을 생각하지 않았어. 생각해 보면,

　옷 안의 몸
　몸 안의 영혼
　을 함부로 궁금해한 건 나였지. 언제나

볼 수 없는 것들을
함부로 뒤적이고 보고 싶어했었지.

　가끔 세탁소가 있는 골목길 앞에서
　좀약 냄새가 나는 오래된 옷들을 한아름 안고
우는 사람들을 본 적 있었어.
　차마 걸을 수 없다는 듯이 옷들을 끌어안고 우는
그들의 얼굴은 내 구경거리가 아니었는데
　나는 자꾸 그들을 들여다봤지.
　슬퍼하는 그들의 얼굴이 무엇을 견디고 있는지
궁금해서

　그들이 견디고 있는 것이 나에게는 절대로
찾아오지 않을 것처럼
　열심히 관찰했지.

　그건 내 무례함이었네.

　사랑에 관한 거라면 뭐든지 알고 싶어했던
　슬픔을 해부하고 상실의 내장을 쥐어뜯어
내면서까지 모든 걸 알고 싶어했던 나의
　광폭한
　호기심

　그들이 안고 있는 옷은
　그들이 사랑했던 사람들을 힘껏 안고 있었던
포옹의 흔적이라는 것을

　네 셔츠를 가져다 맡기면서 알게 되었다.

　상실의 흔적을 이해하기 위해서는 복잡한 분노와
광막한 슬픔이 필요했다. 나는 그것을 세탁소 앞
골목길에서 알았다. 나는 언젠가 내가 멈춰 서서
구경했던 사람들의 얼굴과 똑같은 표정을 짓고
있었다. 어쩔 줄 모르겠다는 것처럼, 이 옷들의
무게를, 이 슬픔의 밀도를, 오래된 역사를 자랑하는
낡은 상실을,

그대로 껴안고

그렇구나
이건 그 누구도 어쩔 수가 없는 슬픔이었어
나는 건방지게도 이런 걸 알고 싶어했었구나
손끝이 저릴 정도의 슬픔을 함부로

이 슬픔은 이름 붙일 수 없고 만질 수는 있다.

네가 골몰해서 고른 셔츠의 도톰한 질감. 그것을
입은 네 소매를 걷어 줄 때. 걷어서 드러난 네
손목에서 불뚝 튀어나온 핏줄을 몰래 문질러 볼 때.
셔츠 아래로 네 심장의 위치를 정확히 짚을 수 있을
때. 그 순간들을 영원히 잃었을 때 내 마음이란 건

달래 줄 수 없고
씻겨 줄 수 없는

예리하고
더러운 얼룩투성이

창피한…
슬픔.

어떻게 해드릴까요?

아저씨는 네 셔츠와 치마를 뒤적이면서 물었지

아직 태어난 지 얼마 안 된 아이를 돌보는 것처럼
해달라고 했어. 빛나는 미음을 먹이는 것처럼 풀을
먹여 주고 체온보다 따뜻한 물로 얼굴을
어루만지듯 얼룩을 벗겨 내 달라고.

그래서 네 셔츠가 구김 없이 나에게 돌아왔을 때
나는 불투명한 천 너머를 들여다볼 수 있을 것도
같다고 생각했다. 고집스럽게 들여다봐서, 네
실종된 얼굴을 그 천 너머에서 볼 수 있다고….

재배치

응시하는 여자
자주 이 벽 앞에 선다

서로를 사랑해 마지않은 사람들이
자신의 이름을 적어 놓은 벽이다

울퉁불퉁하고 습한 벽을 손가락으로 훑으면서
흔한 이름들을 찾는다

사랑했던 사람의 이름은
흔할수록 좋지

벽에서 자주 찾게 되니까

과거에 머무르는 유물들의 이름

따라 읽을 때마다 미래로 달아나는 이름

여자는 젖은 손으로 벽을 만진다

양감이 느껴지지 않는 이름들을
감각해 보려고 애쓴다

벽의
진동

연인들이 서로 고개를 포갠 채
누군가 감각해야 할 이름을 새기고 있다

그들은 벽을 만지지 않고 벽의 일부가 된다

여자는 벽을 만지면서도 간섭하지 못한다

연인들은 벽을 떠나가지만
여자는 벽을 떠나가지 못하고

벽은 있으면서도 없는 것이 되고

떠나는 연인들의 등을 보면서
벽을 훑는다

사랑했던 사람의 이름은
흔할수록…

…좋지

리로딩

탄피가 굴러떨어진다
결혼반지처럼 차갑고 둥근 것

만져 볼래?
글씨를 써서 먹고 산 사람의 손가락처럼
단단하고 둥글고 무례하지

발화와 발사
힘주어 누르고 만지면 붉고 둥근 흉터를 남기는
사건들

장악하고 있다고 생각하면
보란 듯이 나를 투과해 지나가는 소리처럼
나에게만은 아무것도 남기지 않고 떠난다

또 흉터도 안 남았어
손바닥을 펼쳐 보인다
다음엔 꼭 맞추자 여기 한가운데에

우리는 웃으며 서로의 가슴팍을 쿡쿡 찔렀다

얼음장처럼 차가운 손가락으로 살갗을 만지고

나서는
집으로 돌아가는 길, 햇빛에 손가락을 펴서
말리고 또 덥힌다

다음엔 따뜻한 손으로 만져 주어야지

다음엔… 끝이라고 맹세했으면서

깨진 컵 조각과 불에 타 우그러진 플라스틱
조각으로 만든 집으로 돌아간다
데운 손으로 벽을 만지면 건져 온 빛이 번져서 집
안 가득 굴절된 빛이 찬다
벽에서 뚝뚝 흘러나오는 빛을 오목한 그릇에
받는다
어린아이 손발을 씻기듯 벽을 문질러 닦는다

얼굴을 비추어 본다
누런빛 때문에 주름살이 깊게 파인 것처럼
보인다

4부

우리는 이 안쪽이
아니라 저 바깥쪽을
향한다

광장에 형태가 불분명한 꽃다발을
안은 사람이 있었다

광장. 성곽 안 도시의 흉곽. 유일하게 곽 없는 곳.
희미하지만 분명하게 부풀어 오르고 빛나는. 물집
같은 곳. 우리가 자주 약속 장소로 정하는 곳. 광장.
바로 여기까지 오다가

한 번도 기도해 본 적 없는 사람을 만났다

보고 싶은 사람도 갖고 싶은 것도 없어서 기도를
해본 적이 없었다지 뭐야
그저 원하는 건 이른 퇴근뿐

그의 직업은 번제물 배양사
타오르는 불과 희끄무레한 신의 형상에 가장
가까운 직업을 가졌다

작은 가축, 곧 양이나 염소 가운데에서 예물을 골라
번제물로 바치려면, 흠 없는 수컷을 바쳐야 한다.
— 레위기 1장 10절

비리고 뜨거운 것에 대해 말하면 양을 떠올리는
사람
흠 없고 틀 없고 곽 없는 광장 한가운데에서 양을

가른다

　마땅하고 합당한 일

　나는 여기서 우리를 기다리며
　그가 양의 가죽을 벗기고 뼈를 따라 가르고 그
사이에 꼭 맞게 들어찬, 각각의 크기와 모양과 피가
도는 속도가 적절한 내장들을 칼로 쿡쿡 쑤셔 양을
번제물로 만드는 것을 지켜봤었다

　먹기 좋게
　태우기 좋게

　마련된 양
　이었던 것 앞에,

　흑백 영화를 보는 것처럼
　감흥 없는 얼굴로

　바싹 구워진 흰 양의 목에서 흐르는 피
　날것처럼 새것처럼 흐르는 비린 피
　그러니까 거의 날것의 피를…

　녹은 아스팔트 위에 고인 피에 운동화 밑창을
비벼 씻고 싶다

번제물의 피가 모두 땅으로 스며들기 전에
쓰임을 찾아 주고 싶다

번제물 배양사는 국화와 장미를 섞은 꽃다발을
매번 받는다

자신이 기른 번제물의 목을 따고 꼬챙이를 꿰어
천천히 굽고 있는 번제물 배양사에게 축하를 해야
할지 애도를 해야 할지 몰라서 마련한 꽃다발

형태가 불분명한 꽃다발을 안고 서 있다

그를 둘러싼 광장의 거의 모든 사람들이

타들어 가는, 구워지는, 거의 숯덩이가 되는, 한때
살아 있던 고기의 앞에서
평화와 안도를 느낀다

약속에 늦은 네가 거대한 양처럼 보이는
꽃다발을 들고 저편에서 걸어온다

네 얼굴과 꽃다발과 번제물을 태우는 연기가
무리지어서
모두 희끄무레한 신의 형상처럼

리모델링

이런 말이 위로가 될까? 결국 아무것도 만들지
않았다고. 구겨진 종이 위의 선들이 미끄러워서
건축의 모든 결심이 뿔뿔이 흩어진 걸지도
모른다고.

온갖, 모든, 전부, 우선이 들어가는 방°

이 방은 최후통첩을 내릴 때 쓰는 방이다. 두
사람, 혹은 세 사람이 무거운 얼굴로 문을 열고
들어와 서로를 바라보는 방이다. 아주 가끔 한
사람이 들어올 때도 있다. 그런 사람을 위해
가장자리가 반질반질 닳은 호두나무 책상을 준비해
둔다. 얼굴을 바라볼 서로가 없는 한 사람은 그
호두나무 가운데를 거울처럼 바라본다.

사람들은 이곳에서 진실을 찾고 싶어한다. 그러나
이 방은 실험실이 아니다. 그러므로 진실을 알 수
없다. 말하자면 이 방은 법정에 가깝다. 이 방에서는
근사치에 가까운 진실이 선고된다.

방 안에서 모든 것이 나쁜 생물처럼 움직이고
있다.

° 이 시는 난니 모레티 감독의 「아들의 방」(2021)을 생각하며
썼다.

가설

안과 밖이 동일한 아름다움이 있다고 치자.
그것을 받치고 있는 기둥과 그 위에 있는 지붕이
모두 투명한 아름다움이 있다고 치자. 손바닥으로
훑으면 허술하게 무너지는 아름다움이 있다고 치자.
그 아름다움이 무너진 흔적이라고 치자.

이 식사를 합의하자. 신과 함께하는 전례라고.

내 앞에 놓인 둥근 접시. 얇은 빵 조각은 빛나고
있다. 부드럽고 한산하다. 어린아이의 뺨처럼. 입에
넣으면 곧장 반투명해지는 음식. 이 모든 것이
현실이 아니라 가설이라면.

오늘의 접시를 비우지 못해도 다음의 식사가
있어. 언제나 다음이 있다는 건 멋진 일.

다시 눈을 내리면 접시가 채워져 있다. 아까보다
더 투명하고, 더 얇은 빵 조각. 늙어서 떨어진
피부와 같이. 손으로 집는다. 손가락 사이에서
바스러진다. 내 손가락에 묻은 기름. 이 촉감이
감각이 아니라 학습이라면.

(C)황유경

손가락 사이가 미끄럽다. 그 사이로 쉴 새 없이
무언가가 맺혔다 떨어진다.

씻김굿

(전화벨이 울릴 때 여자는 정지한다)

뭐 하고 있었어?
잉어에게 은화를 먹이로 주고 있었어요.
알잖아요, 나의 자매들이 죽었고 나는 그들의
환생을 위해 적절한 몸을 마련해 주려고 하고
있다는 걸. 자매들이 미끈한 몸으로 환생하기를
바라요. 가죽은 적절치 못하지요. 부패가 빠른
속도로 진행되는, 비늘을 가지고 있는 몸이
좋겠어요. 그들이 환생하고 다시 죽어도 눈치채지
못할 정도로 빠르게 사라지는 부패를,
오늘은 늦을 거야.
알고 있어요.

여자는 손가락을 전화선 사이에 대고 빙글빙글
돌린다. 손가락을 감싼 전화선이 꼭 반지처럼
보인다. 수정처럼 밝고, 건축처럼 철저한 구속.
여자는 뜨거워진 수화기를 내려놓는다. 자신의 둥근
눈이 타원형으로 벌어지는 수족관 앞에 선다.
은화를 물속으로 집어넣으면 선이 뚜렷하지 않지만
두터운 입술, 잉어의 그 입술이 입을 벌리고 망설임
없이 집어삼킨다.

여자는 오래전부터 소화 불량을 앓고 있었기
때문에, 식사를 망설이지 않는 존재들을
부러워했었다.

(전화벨이 울릴 때 여자는 정지한다)

이 말을 못했어.
마저 하세요.

너와 같이 식사하지 않을 거야
너와 눈을 마주치지 않을 거야
너를 사람 취급하지 않을 거야
너를 귀신처럼 대할 거야
네 밥상은 제사상처럼 보일 거야
네가 차린 밥 위에 숟가락을 수직으로 꽂아놓을
거야

(전화벨이 울릴 때 여자는 정지한다)

손을 수족관 안으로 집어넣는다. 뜨거운 손.
차가운 물 사이를 가로지르자 해류가 인다. 잉어는
갑작스럽게 변한 기후를 인식하지 않는다. 뜨거운
손이 자신의 미끄러운 몸을 잡도록 내버려둔다.

(전화벨이 울릴 때 여자는 정지한다)

부패한 것은 더러운 것일까?

그것이 담지하고 있었던 깨끗하고, 부드러운 생명이 흩어지는 게 부패라면. 과연 그것을 더럽고 사악하다고 할 수 있는 걸까?

여자는 죽은 잉어를 쓰다듬는다. 죽은 잉어는 수족관의 질서를 어지럽힐 수 있다. 죽은 잉어의 무덤은 살아 있는 잉어들이 무덤을 보지 못하거나 죽음을 피할 수 있는 곳이어야 했다°.

° 천쓰홍, 『귀신들의 땅』(민음사, 2023). 〈살아 있는 사람들이 무덤을 보지 못하거나 죽음을 피할 수 있는 곳이어야 했다.〉 변용.

카르투슈°

짙은 초록색의 수술복. 그것을 입은 사람과
개구리를 구분할 수 없을 때까지 멀리 뒷걸음질
친다. 해부실습실에 어울리지 않는 반팔과 반바지
차림. 격리당한다. 차갑고 뾰족한 담장 너머에서
관찰하기. 군중 되기. 관찰자 되기. 손 되기. 방향
되기. 물성 되기. 해제되기. 영원에 가까운 물건이
되기. 나를 격리하고 해부를 관찰하기.

개구리를 이해하기. 끝없이 공간과 공간 사이를
유영하는 개구리를 이해하기. 개구리의 본질은
넘나드는 것. 뛰어드는 것. 저것과 이것의 경계를
좁히는 것. 서 있는 사람은 이해하지 못하는 것.
영원히. 움직이는 것을 이해하기 위해 개구리를
깨뜨리기. 깨진 개구리의 조각은 금세 말라붙는다.

개구리를 이해하기 위해 개구리를 깨뜨리는 방법
말고는 아직 발견된 바가 없다. 해부실습실 벽에 꽉
채워지는 개구리의 종 이름들. 그들의 얼룩과
튀어나온 눈에 붙는 고대어들. 깨진 개구리의
단면을 관찰하고 아름답게 그것을 그려 넣는
사람들. 그들은 나보다 개구리를 아주 잘 안다.
『현대개구리백서』 혹은 『개구리 입문학』. 쪽마다

아름다운 개구리의 단면들이, 파편들이, 가죽들이,
그 말라붙은 살갗들이.

　미끈한 목덜미. 수술 장갑을 끼지 않은 손으로
붙잡았던 그 미끈함. 살아 있는 것의 살갗. 개구리의
기능. 흔적. 테두리. 선 안의 내용. 실체 없는 몸.
개구리 백서의 양쪽 면을 접어 이어 보려는 시도.
　건조한 종이가 바스락거린다.

◦ 고대 이집트의 부조 혹은 조각에서 파라오의 이름을 둘러싸는
곡선. 원래 명칭은 〈셰누〉지만, 소총의 탄환을 가리키는
프랑스어 cartouche를 따서 이 이름으로 불리게 되었다.

데뻬이즈망

저기 혼자 돌아가는 사람. 흰 셔츠를 입었어.
폭우가 쏟아지는데 우산도 없네. 그래서 종이로
만든 옷을 입은 것처럼 젖은 셔츠 아래로 투명하게
살갗이 비쳐 보이네. 오래된 조각상처럼.
대리석으로 만든 조각상처럼 빛나는 살갗. 젖어야만
드러나는 빛나는 존재.

퍼붓는 비. 만든 사람은 분명 저 살갗을 망치려는
시도를 하고 있었을 것.

저 사람이 언제 우산을 살지 궁금해하면서 버스
정류장에 서 있었다. 빛난다는 것. 빗방울이
정강이에 튄다. 기다린다. 버스를. 저 사람을. 저
사람의 더 이상 젖지 않음을.

아직 한 번도 보지 못한 것들을 기다린다. 멍하니.
거세지는 비. 이제는 저 사람과 나 사이에 굵은
창문이 있는 것 같다. 저 사람 뒤에는 따뜻한 빛이
흘러나오는 조명 가게. 타원형의. 별 모양의. 길쭉한
조명들이 노랗고 찬란한 빛을 아낌없이 흘리고
있다. 중앙에는 빛들을 효과적으로 반사하기 위한
거울. 젖은 사람은 비쳐 보이지 않고 그를 바라보는

내가 비쳐 보인다. 각진 거울, 모서리에 걸리는 내
이마.

전광판들. 기다리는 버스는 오지 않는다. 내가
모르는 곳으로 향하는 버스들. 빗물 세례들. 젖은
손가락들. 차가워지는 몸들. 체온이 있었기 때문에
차가워질 수 있는 것들.

저 사람은 아직도 조명 가게 앞에 서 있네.
조명을 입고 빛난다. 어둠이 있었기 때문에 빛날 수
있음. 저 사람의 모습은 꼭 풍경 같다. 바람과 빛이
앞다투어 그를 흔든다.

아무것도 막지 않는 손. 혹시 나를 아는
사람인가? 불현듯. 그가 우산이나 가게, 혹은
버스가 아니라 나를 기다리고 있다는 생각을 한다.

내가 누군가를 기다리게 했다는 것이
무서워진다

쏟아붓는 비. 이게 정말 비일까? 그에게 가까이
간다. 정강이에 튀는 수없는 빗방울들. 그의 빛나는
살갗을 걱정스레 바라볼 수 있을 정도로 가까이
갔을 때.

우산을 씌우자 그의 빛나던 살갗이 부드럽게
가라앉고 어두워진다.

집 안의 기후를 책임지는 소년°

블라인드를 치고 나무 그릇에 석청꿀과 쌀과자를
채워 넣는 소년은 현관에서 가장 먼 방을 쓴다.
누나는 현관에서 가장 가까운 방을 썼다. 소년과
누나는 언제나 가장 멀리 떨어져 있다. 마땅한 복이
들어오지 않는다고 신발장 거울을 검은 천으로
가리는 수고로움을 감내했던 어른들이 지정한 방.
검은 천은 복이 아니라 낯선 사람을 집으로 들였다.

기후는 직선으로 움직이지 않는다. 기후가
직선으로 움직인다면, 이 집 전체가 기후를 따라
직선으로 이동할 것이다. 기후와 집이 움직인
자리에는 진공이 남는다. 진공은 이 세계의 나머지.
이제 이 세계에 포함되지 않는 사람만 진공을 만질
수 있다. 나머지와 나머지.

물건들이 가득 찬 방이 가뿐하고 산뜻하다.
주인이 사라진 것도 눈치채지 못한 것처럼.

° 마리아 페르난다 암푸에로, 『투계』(문학과지성사, 2019)

조립된 풍경의 구성된 조합

기념할 일 쏜다. 아득하게 멀어진 사진 위로 네 얼굴 만진다. 그거 저예요, 하고 웃는 어린애 하얀 이가 와스스 쏟아진다. 지나쳐 걷는 뒤통수 낯익다. 아무도 이름 부르지 않는다.

시네마 가이드

사람들은 여기, 이 움푹 파인 곳에서 자주
미끄러진다 돌봐 주고 싶은 사람들을 이곳에
데려올 때면 그들의 발목을 흘긋거리며 조심해
여기는 미끄러워 몇 번이나 말하면서 보여 주려고
했지

내 두려움
내 부드러움
내 예민함
내 인간됨

그들은 내게 물었지
이 움푹 파인 곳을 뭐라고 불러야 하냐고

그런데 서울에서 온 내 친구들 말이야 그들은
내게 아무거나 묻더라고 꽃의 이름과 돌의 전설과
시장의 흥망성쇠를

친구들 실망시키기 싫어
아무거나라도 말해 줄 테야

이 미끄럽고 움푹 파인 곳

아직 비 고이지 않아 웅덩이라고 부를 수 없는
움푹 파인 곳
　구멍도 구덩이도 웅덩이도 아닌 이곳은
　덩이쇠가 놓여 있던 곳이었다
　잠든 자의 등 뒤로 습기가 차지 않고
　다리 아래로 벌레가 기어다니지 않도록
　토지신에게 덩이쇠를 바치고 무덤 자리를 사들인
곳이다

　그들이 내 대답을 기다리며
　손가락 균열 사이로 나를 바라본다

　손차양 사이로 차마 막지 못한 햇빛이 툭툭
떨어져 샌들을 신은 발등을 태운다

　평화롭다
　조용하고

　누군가의 무덤 앞에서 숨이 넘어갈 것처럼 울던
게 엊그제 같은데 이 무덤 앞에서는 평화롭다는
말을 한다는 게, 그 말과 저 능선 사이의 솔기가
도드라져 만질 수 있을 것처럼 어색해

　죽음이 오래되면
　그 슬픔도 오래되어

하얗고 매끄럽게 바래나 봐

오래 살면
내 슬픔도 매끄럽게 바래질지도
그래서 아무리 더듬어도 나와 내 바깥을
구분하는 솔기를 만질 수 없을지도

햇빛 아래 선크림을 바르지 않고 오래 있으면
일찍 늙는대

모자를 쓰지 않은 내 둥그런 정수리를 보면서
친구들이 걱정할 때
나는 희미하게 웃었네

그건 정말로
내가 바라던 일이네

친구들이 곤란한 미소를 짓는다

이런

분위기를 망치려던 건 아니었어
평화로운 왕릉을 느끼러 찾아온 너희들에게
다 삭아서 뼈만 남은 죽음 같은 걸 말하려던 건
아니었는데

나는 언제나 모든 말을 괜히 해

타박 놓고 머리를 쥐어박는 시늉을 했을 때
내 손목을 잡고서 천천히 웃던 얼굴
그러지 마 오래 살자

나 저런 말에
언제나 자신하고 싶다
오래
오래
오래
이 세상에 순장된 인간처럼
아주
오래
엄청
오래
살갗이 문드러질 만큼
굉장히
오래

왕릉 사이를 걸으며 오래, 라고 말해 본다

우리 다음에 어디 가?

친구에게 모자를 받아들면서 어색하게 웃는다

이럴 때 하기 좋은 말이 있지 그러려고 만들어진
말이 있지

밥 먹으러 가자
맛있는 거 먹으러

표면의 망설이는 기색

　너와 식물원을 산책하기 위해서는 이 사실
하나를 힘겹게 받아들여야만 했다. 나무의 표면에도
빛이 있다는 것. 포옹을 허락하지 않는 표면에서도
끊임없이 접촉이 사건처럼 발생하고 있다. 잎맥
아래에서의 미세한 폭력을 관찰하기.

　너는 바람이 불지 않는 유리구 안의 인공 남미
사이를 걸어간다. 네가 인공적인 세계 사이를 걷는
방식은 독특했다. 너는 토치생강의 붉은 잎을
광원처럼 바라보면서, 이 공간 안에 있는 것들이
모두 살아 있다는 사실을 끊임없이 알려 주려고
했다. 너의 걷기를 방해하는 것이 없는 이 가짜
숲에서, 너는 가끔 일부러 없는 나무뿌리에 발을
걸려 휘청거리기도 했다. 너는 이 산책이 모험인
것처럼 굴었고, 그래서 손과 무릎이 찢어질 수 있는
위험한 곳임을 나에게 확인받고 싶어했다. 너의
걷기는 인도보리수 앞에서, 무늬용설란 앞에서,
빅토리아수련 앞에서 처음으로 돌아갔다. 불투명한
비닐로 만들어진 문을 열고 닫으면서 너는 국경을
넘는 것처럼 놀라곤 했다.

　문 닫고

문 열고

여기서도 한국어가 통한다는 사실에 화들짝
놀라면서, 조금 더 뾰족하고 흰색 무늬가
기하학적으로 뒤틀린 용설란을 가리키면서, 이
안쪽의 식물은 조금 더 특별하다고 말했다.

네가 착각을 종용하는 방식. 네가 인공 남미를
걷는 방식. 네가 토치생강을 꺾지 않고 지나치는
방식. 네가 유리구 안에서 새롭게 공간을 발명해
내는 방식. 너를 단단히 옭아매는 한국어에
억압되는 방식. 네가 넘어지지 않고도 넘어지는
방식. 무릎이 찢길 때마다 나를 바라보는 방식. 네
가짜 고통을 나에게 건네면서 그것을 우리의
고통으로 각색하는 방식. 유리구 안에서 통용되는
새로운 중력을 가로지르는 네 방식.

너를 아래로 끌어당기는, 티켓만큼의 무게를
가지고 있는 중력을,
허공으로 뻗어 나가는 힘을 바라보는
맑은 기색

다시 문을 열고 닫기.
너를 끌어당기는 중력의 힘을 관찰한다. 유리구의
불투명한 비닐 문을 닫을 때부터, 한 걸음씩 인공
남미에서 멀어질 때부터 천천히 구속력을 잃는 네

방식을. 네 방식과 자리를 바꾸어 점점 더 강해지는
중력의 힘을.
　너의 빳빳한 등을 보는 것만으로도 네 방식이
너를 배반하는 것을 알 수 있다.
　네가 인공의 세계에서 벗어나 중력과 타협하는
것을
　그래서 네 등이 비자연적으로 빳빳하게 바로
세워지는 것을

　네가 매끈한 돌에 걸려 휘청인다. 없는
나무뿌리보다 확실히 있는 매끈한 돌이다. 너는
다시 걷기에 적응해야 한다. 뛰어넘고 찢기고 틈새
사이로 흩어지는 네 방식의 걷기를 내던지고.
부서지고, 바느질로 기우고, 흙을 던져 구멍을
메우는 중력의 걷기. 그리고 뒤를 돌아 나에게
말해야 한다. 이곳이 아무리 넘어져도 크게 다칠 수
없는 곳이라고. 모험이 아니라 생활이라고.

　나는 휘청이는 네 뒷목을 붙들고 매끄러운 돌을
집는다.
　내 손바닥 위에 놓인 청회색의 매끄러운 돌은
털이 모두 빠진 원시 동물 같다. 잘 돌보면 다시
털이 자라날 것만 같다. 내가 손가락으로 돌의
머리를 쓰다듬어 정한다. 내 손가락이 지나간 곳이
돌의 입이 되고 이빨이 되고 심장이 된다. 가끔은
낳지 않은 것들이 나를 더 닮는다.

네 주머니 안에 돌을 넣는다. 나는 이것을 가져
가 키울 것이다. 그래서 네가 다시 중력을
배반하려고 할 때 네 앞에 이것을 가져다 둘
것이다. 네가 넘어지게. 무릎과 연골이 모두
박살나서 다시 걷기를 발명할 수 없게. 생활 밖에서
도망가지 못하게.

문을 열고
문이 열리고

우리는 이 안쪽이 아니라 저 바깥쪽으로 향한다.
관광객이 우리의 뒷모습을 찍고 있다.

영혼으로부터
도착한 편지

인터뷰 / 이제야

단정한 벽에 생긴 작은 균열을 본다. 한낮 햇살이 균열에 스며들면 우리는 그것을 희망이라고 부를 수 있겠다. 그러다 겨울이 오면 균열은 다시 빗나갈 준비를 한다. 우리는 이렇게 서로의 팽창과 수축을 넘나들며 사랑한다. 얼마나 더 빛나고 망가질지 모른 채. 사랑은 의지가 아니라 우주의 논리 속에 갑작스럽게 생긴 균열로 발생한다고 말한 모리스 블랑쇼의 말처럼. 사랑의 불가항력과 탄생의 배반이 궁금해졌다. 이유운 시인을 만났다.

1. **시와 사랑에 대하여.**

   연인들이 서로 고개를 포갠 채

   누군가 감각해야 할 이름을 새기고 있다

   ―「재배치」

Q. 시인의 문장들을 보면서 범위라는 단어가 떠올랐다. 사랑에 범위를 둔다고 가정하면(내게도 어렵겠지만) 그 범위에 대해 물어보고 싶다.

A. 내 사랑의 범위는 나를 기른 여자들의 시간과 닮아 있습니다.

나를 기른 사람들이 살아온 시간만큼이 내가 쓸 수 있고 경험할 수 있는 범위가 된다고 생각합니다. 나를 키운 늙은 여자들의 손. 나를 키운 허구의 여자들의 얼굴. 어렸을 때부터 지금까지 나를 만지고, 먹이고, 씻기고, 때린 여자들의 손. 나는 그 손들이 통과해 온 시간들의 길이만큼 경험할 수 있고 살 수 있고 만질 수 있다고 생각해요.

그래서 시를 쓸 때마다 스스로에게 묻습니다. 감히 내가 겪지 않은 시공간에 대해 쓸 수 있는가? 나의 경험의 범위를 뛰어넘는 상실이나, 구역질 나는 슬픔, 몸 전체로 하는 사랑 같은 거대한 감정에 대해 쓸 수 있는가? 시는 늘 나의 구체성을 넘어서는 세계를 쓰도록 요구하니까요.

Q. 〈고작〉이라는 말과 〈전부〉라는 말이 사랑의 모양을 그리는 것 같다. 사소한 것이 확장되어 모든 것이 된다는 의미로 들린다.

A. 나를 기른 여자들의 삶이 잊히지 않기를 바라며 씁니다.

운이 좋아 작가가 되어 인터뷰를 하게 되었지만, 그 운을 모아 내가 사랑해 온 많은 여자들의 이야기를 가져와 내 것처럼 쓰고 싶습니다. 내 주변에 있었던 평범한 여자들, 늙어 가는 여자들, 혹은 영원히 나이 먹지 않는 젊은 여자들의 삶을 포착하고, 기록하고 싶어요.

그들의 시간은 무한한 주름처럼 내 안에 남아 있고,

나는 그 주름을 조금 펴 쓰는 사람입니다. 누군가 그
글을 읽는 동안 그들의 시간이 연장되겠지요. 그러니
사랑의 범위는 결국 그 여자들의 수명 범위와 겹칩니다.

Q. 시와 사랑을 견주어 보고 싶다. 시인의 작품들을
읽으며 내 느낌을 정리하자면 〈능력〉, 〈가능성〉 두
단어이다. 나의 주관적인 정리일지도 모르겠다. 사랑은
나의 능력일까, 나의 가능성일까.

A. 사랑은 내가 〈어디까지 나아갈 수 있는가〉를
드러내는 가능성입니다.

인간은 늘 무언가가 되기를 원합니다. 늘 앞으로 가고
싶어하고, 잘못된 방향일지라도 계속하려는 힘이
있습니다. 그게 언제나 옳은 방향이거나, 선한 방향일
수는 없지만 중요한 것은 계속하는 동력이 우리에게
내재하고 있다는 것입니다.

그 힘이 사랑의 능력을 만들고, 앞으로의 가능성을
가늠하게 합니다.

Q. 몇 작품들에서의 잔상이 강렬했다. 욕망, 구원, 증오,
염증, 탐닉… 이것이 사랑의 요소라고 한다면 그럼에도
우리가 사랑을 하는 이유에 대해.

A. 사랑은 〈품〉을 들이는 일이기 때문입니다. 그리고 그
품을 들이는 경험이 우리를 변화시킵니다.

〈품〉의 사전적 의미를 찾아보면 이렇습니다.

뜻1. 윗옷의 겨드랑이 밑의 가슴과 등을 두르는 부분의
넓이.

뜻2. 어떤 일에 드는 힘이나 수고.

뜻3. 물건의 성질과 바탕.

뜻4. 행동이나 말씨에서 드러나는 태도나 됨됨이, 품이 들다. (어떠한 일을 하는 데) 힘이나 수고 등이 쓰이다.

품에는 넓이(겨드랑이 아래의 공간), 힘, 바탕, 태도라는 네 가지 의미가 있는 것이지요. 사랑은 마음의 품을 넓히고 바르게 하고 열어 두며, 품을 들일 것(힘)을 요구하는 일입니다. 내 마음과 표정을 변하게 하고, 목소리를 다르게 내고, 사랑에 확신을 가지고, 상냥한 손길을 건네는 것 모두요. 이것은 내가 그를 위해 마음을 쓰겠다는 다짐을 할 때 가능한 것입니다. 이 과정은 괴로워서 사랑을 피하고 싶고 비겁하게 때를 미루기도 하지요. 하지만 결국 우리는 사랑이 주는 불가항력 앞에 굴복합니다.

Q. 답변대로 품에 우리를 두어 보니 사랑은 이성적인 우리가 반복하는 수동과 능동의 선택처럼 느껴진다. 이성적인 이들이 온몸으로 맞는 불가항력 같은 느낌이랄까.

A. 사랑은 인간의 고유한 영역입니다. 인간은 선하다고 믿지만, 그 선이 발휘되기 위해서는 끝없는 교육과 도덕과 예술이 필요합니다.

인간은 선하거나 악하다고 딱 잘라 말할 수 없는 존재인데, 그것은 바로 사랑 때문이 아닐까요. 미워할 만한 것을 미워하고 좋아할 만한 것을 좋아하는 것은 사랑보다는 일종의 도덕적 정감이자 판단력에 가깝습니다. 사랑은 옳고 그름을 벗어난 지대에 있고,

예측할 수도 없으며, 준비되었을 때 나타나지도
않습니다. 불가항력입니다.

아무것도 갖추지 못한 순간에 갑자기 덮쳐오고, 모든
것을 갖추었을 때는 증발해 버립니다.

그러나 분명한 것은, 사랑하기 위해서는 마음의 품이
너무나도 많이 든다는 사실입니다. 품을 넓히고(뜻1)
품을 바르게 하고(뜻4), 품을 열어 두어(뜻1 혹은 뜻3)
결국은 품(뜻2)을 무한정으로 쏟아야 합니다.

Q. 시인의 이전 산문에서 읽었던 문장이 떠오른다.
자신은 기울어진 인간이기에 다른 방향으로 기울어졌을
때 평균이 된다는 말. 시인이 말하는 사랑의 의미처럼
느껴졌다.

A. 나는 사랑 앞에서 자주 비겁하고 저열해집니다.
사랑을 위해 내가 품을 넓히고 바르게 하고 열어 두는
과정이 두렵기 때문입니다. 타인을 위해 내가
전인격적으로 열리고 변해야 한다는 것, 나의 안정성을
스스로 무너뜨리는 것, 내가 〈나됨〉보다 〈타인됨〉을 더
즐겁게 여기는 것, 〈나〉가 〈나〉가 되기 위해 〈너〉를
택하는 것. 〈우리〉가 아니라 〈나〉와 〈너〉가 되는 것.
그것은 만만찮은 일이 아닙니다. 하지만 내가 〈나〉가
된다는 것은 〈나〉안에 나를 잘라내고 그 안에 〈너〉를
채워 넣음으로써 단절된 내가 아니라 연결되고 열리는
품을 가진 〈나〉가 된다는 것을 의미하는 것 같습니다.
베르그송은 〈우리가 말하는 생명의 약동elan vitale은
창조의 요구로 형성된다〉라고 말했습니다.[i]사랑은

나의 존재를 버림으로써 〈나〉를 형성시킵니다. 내가
누군가를 어루만질 때, 이는 마치 통속적인 사건처럼
느껴지지만 사실은 어루만지는 나와 어루만짐 당하는
너의 내면을 스스럼없이 드러내는 사건이기 때문이죠.
이 사건은 나의 원천, 나의 마음의 품을 깎거나
도려내거나 혹은 덧붙이지 않고 그대로 드러내는
것이며, 이 어루만짐 자체가 결국 영혼의 모양을
바꿉니다.[ii]내가 어루만지는 연인의 얼굴에, 〈너〉의
얼굴에 성과 속이 교차합니다.
〈나〉와 〈너〉는 연속됩니다. 그리고 그 연속의 과정에
통속은 자유롭게 끼어들지요. 이 연결된 통속, 연결된
살갗 사이에서 나는 신을 관찰합니다. 신은 사랑의
얼굴을 하고 무섭게 우리 사이로 끼어듭니다. 사랑과
미움 사이의 간격은 신의 끼어들며 좁혀집니다.
Q. 사랑을 구성하는 어떤 부정적인 단어도 결국 그것을
믿으므로 지속되는 것 아닐까 싶다. 변하는 것을 믿음,
깨져 가는 것을 믿음, 식어 가는 것을 믿음 이런 것
말이다. 문학과도 닮아 있는 믿음이라는 생각이 든다.
어떻게 생각하는지.
A. 나는 세속적인 인간을 사랑합니다.
사랑이 무엇인지보다 사랑하기 쉬운 사람을
애기함으로써 이 어려운 질문에서 도망가고자 합니다.
사랑은 세속적인 것입니다. 사랑하기 쉬운 사람은
영혼만 빛나는 사람이 아니라, 몸의 얼룩을 받아들이는
사람입니다. 너무 고결한 사람은 그의 뼈나 살보다는

영혼이 먼저 보이는데, 그런 영혼은 안에서부터 빛나며
그 빛은 살이나 옷으로는 가려지지 않기 때문에 숭배할
수는 있지만 사랑하기는 어렵습니다.

나는 누군가를 사랑하기로 결심할 때, 그의 빛보다 그
아래 감춰진 얼룩을 먼저 찾습니다. 그게 나에게
어울리는 사랑의 방식이기 때문입니다.

Q. 요즘 가장 사랑을 쏟는 대상이 있다면. 그리고
사랑을 쏟는 마음을 비유해 본다면.

A. 사랑을 쏟을 대상은 언제나 있고 넘쳐납니다. 비유해
보자면 내 마음은 종잇장 같습니다. 매일 아침마다 한
장씩 새롭게 받는 백지. 아무리 깨끗하고 빳빳하고
두꺼운 고급 종이라고 할지라도 종이는 필연적으로
물에 젖습니다. 물에 젖어 찢어지고 나면 아무것도 막을
수도 없고 기록할 수도 없습니다. 하지만 매일 새로운
한 장을 받다 보니 어떤 사랑의 물에 그것을 담가도 내
손에 종이 조각이 없는 날은 없더군요. 내 마음에 덮쳐
오는 물에 매일 종이를 담갔습니다. 물보다 종이가
많아져 그 물이 종이죽처럼 질퍽질퍽하게 되지 않도록
섬세하게 종이로 물을 쓰다듬으려고 애씁니다.

나는 어렸을 때부터 내가 잡고 만질 수 있는 것들을
모조리 사랑했어요. 인형, 도자기, 상상 속 친구들,
벽지에 있는 조그만 하트무늬 얼룩 등. 방이 내가
사랑하려고 찢고 쓰다듬은 종이들로 꽉 찰 때까지요.
엄마, 할머니, 동생, 강아지, 선생님, 수녀님 등 내가 만날
수 있는 거의 모든 타인에게 헤프게 사랑을 썼는데도

사랑이 좀 남았습니다. 그래서 더 마음의 품이 많이
들고 완벽히 만질 수 없어서 오래 사랑할 수 있는
대상들이 필요했습니다.

Q. 〈요즘〉이라는 시간 제한으로는 부족하겠다. 사랑꾼
시인을 만난 것 같다. 거의 모든 타인에게 헤프게
사랑을 썼는데도 사랑이 조금 남았다, 이 말에 지구
끝까지 사랑할 대상을 찾아다니는 시인의 모습이
보이는 것 같다. 오래 사랑할 대상은 결국 사람이었나.

A. 영화배우, 뮤지컬 배우, 운동선수, 만화 속 주인공. 록
밴드의 프론트맨 혹은 베이스맨, 바이올리니스트,
그리고… 아이돌. 아이돌을 사랑하기 위해서는 정말
많은 사랑의 품이 필요합니다. 많은 아이돌을 사랑해
왔지요. 음악방송 녹화장에 가기 위해 거짓말을 하고,
이글루스나 동맹 홈 세대에서 포스타입 세대로 이동할
때까지 상대만 바꾸어 가며 계속해서 아이돌을
사랑했습니다. 무대에서 반짝이는 그들이 좋아서, 내가
직접 만나기 어려운 그들을 사랑하기 위해서 시간을
많이 썼어요. 인터뷰를 찾아보고 그들이 좋아하고
싫어하는 것들을 알려고 애썼죠. 그들의 시간과 나의
시간이 등가교환 될 거라는 기대를 포기해야 했습니다.
이건 내 방과 집에서는 할 수 없는 다른 종류의
사랑이라서 마음의 종이가 아주아주 많이
필요했습니다. 그러나 이 물은 크고 세찬 물이라서 그
종이들을 모조리 쑤셔 박아도 종이 죽이 되지
않았습니다. 언제나 물이 나보다 컸던 것 같아요. 나는

사랑 때문에 구멍이 뚫린 마음으로는 사랑을 막을 수
없다는 사실에 순종하면서, 그것을 더 들여다보고
사랑하려고만 애썼습니다.

2. 걷는 사람의 시간들

막이 걷히지 않은 무대를 걷죠. 아마도 그게
세상에서 가장 오래된 산책일 거라고 믿기
때문입니다.

—「구슬 밖에도 영혼이 살고 있습니다」

Q, 여행을 좋아한다고 알고 있다. 이번 시집에서
여행지에서 쓴 작품을 꼽아 준다면 여행지의 무드나
이미지로 작품이 신선하게 다가올 것도 같다.

A. 여행지 자체에서는 시보다 일기를 많이 씁니다.
여행이 끝나고 돌아와서 일기에 기반해서 시를 쓰기는
하지만요. 어느 여행지보다는 여행에 가서 유예되는
공간, 즉 호텔방이나 체크인을 기다리는 공항
로비에서는 시간을 죽이려고 시를 꽤 씁니다.
여행을 떠나 역사가 깊은 호텔의 아주 좁은 방에서 시
〈온갖, 모든, 전부, 우선이 들어가는 방〉을 썼습니다.
좁아서 그런지 모든 물건들이 아주 크게 보였어요.
그리고 오래된 호텔이라서 그런지 크게 보이는
물건들이 꼭 1940년대에 나온 것들처럼 보였습니다.
번호판을 돌려서 써야 하는 전화기나 빳빳한 천으로
만들어진 갓등 같은 것이요. 이 물건들이 정말 나보다
나이가 많은 것들이라면, 그래서 이 호텔방에 묵었던

사람들의 역사를 모두 선명하게 기억하고 있다면.
물건들은 한 명의 역사가 아니라, 모든 사람의 역사를
관찰합니다. 나는 물건의 시선 앞에서 개별자가 아니라
인간이라는 특성을 가진 몰개성한 어떤 것이 됩니다.
그럼 이 물건들과 독대했을 때 나에게 남는 특징이란 게
무엇일까라는 생각으로 썼습니다.

Q. 시는 관찰자의 시점이 아닌 경우가 더 많은 것 같다.
내게는 그렇다. 주연, 조연, 아니면 그 내막을 아는 사람
정도는 될 때가 많으니까. 여행이나 산책은 관찰자의
시점인 경우가 대부분인데 그런 점에서 시인에게 어떤
자극이 되는지 궁금하다.

A. 여행을 좋아하는 이유는 〈나〉를 아주 거리낌 없이
적극적으로 배제할 수 있기 때문입니다. 해야 하는 일은
고작 길을 잃지 않고 음식점에 찾아가기, 제대로
주문하기, 기념품을 구매하기 정도만 존재하기에 내가
어떤 사람이 될 필요도 없고, 어떤 큰 의무를 지녀야 할
필요도 없잖아요. 그렇기 때문에 다른 사람이 어떻게
〈되어〉 있는지 관찰하기 좋습니다. 도심지로 여행을
가면 모두가 출근하기 바쁜 평일 아침 지하철에 요란한
옷을 입고 앉아 지도를 계속 들여다보게 됩니다. 모두가
되고자 할 때 나는 그 한가운데서 아무것도 되지 않을
수 있습니다. 그러다 보니 내가 무엇을 하고 있는지에
대해 더 집중하게 됩니다. 어디를 걷고 있는지. 누구와
함께 있는지. 무엇을 먹는지. 바로 그 순간에 대해서요.
내가 적극적으로 나를 버리기 때문에 내가 되는 그

순간이 자극이 됩니다.

3. 나의 피냐타에게

나를 떠난 자의 뒷모습은 대성당 같다.
―「피냐타 깨뜨리기」

Q. 두 번째 시집이다. 새로이 드러내고 싶었던 것에
대해 말해 준다면.

A. 첫 번째 시집에서는 나의 탄생에 관여한 것들을
배반하는 시들을 썼습니다. 〈탄생-보육-성장-죽음〉의
순서를 맞추었고 성경에서 모티프를 따온 시들이
많아서 그 시들은 성경 순서대로 순서를 맞췄습니다. 두
번째 시집에서는 이것들을 더 적극적으로 배반하고
싶었어요. 그래서 〈부활-죽음-성장-탄생〉의 순서대로
시를 맞췄습니다. 성경의 모티프가 된 시들은 모두
역순으로 재구성했고요. 적극적으로 찾지 않으면 잘
모르겠지만 이 시집이 성경을 완벽하게 배반하는
유다의 책이 되기를 바랐습니다. 신을 배반하는 건
인간만 할 수 있는 것입니다. 인간이 신을
발명했으니까요. 〈자신의 주인을 발명한 노예에 대해서
들어 본 적이 있습니까?〉 나는 이 면이 인간이 너무
멍청해서 사랑스러운 지점이라고 생각합니다. 그
주인을 적극적으로 배반하려고 애썼습니다.

Q. 시인의 작품들을 읽으며 신앙, 철학, 문학을 떼어
놓을 수 없다는 생각이 든다. 이 세 가지를 나의
정체성으로 본다면 세 가지는 어떤 의미인지.

A. 나를 키운 여자가 가지고 있던 신앙, 나를 기른 여자가 알려 준 철학, 그리고 나를 사랑하는 여자를 위한 문학이라고 할 수 있겠습니다. 모두 나에게는 없고 내 주변의 다른 사람들에게서 훔쳐 온 것들입니다.

Q. 실, 영혼, 무당, 묘지, 인형, 집, 뼈, 굿 등 이미지를 연결해 가며 1부에서 4부까지 읽었다. 시어가 이미지로 그려졌다. 이 단어들의 종착지를 한 단어로 정의한다면.

A. 잡동사니.

Q. 이번 시집 속에 살고 있는 인물들 중에 한 인물을 골라 해주고 싶은 말이 있다면.

A. 이번 시집에는 친구들에게 선물로 준 시(혹은 아직 주지 않았지만 언젠가는 주려고 하는 시)가 꽤 많습니다. 2008년 10월 11일, 친구들과 노래방에 다녀온 날의 일기장에는 〈얘네들이 너무 좋아서. 뱃속에서 소화시키고 싶다〉라는 짤막한 문장이 쓰여 있습니다. 나는 언제나 누군가에게 잡아먹히거나 누군가를 잡아먹고 구분되지 않는 거대 슬라임이 되고 싶었는데요. 이 욕망은 지금도 변하지 않아서, 언제나 누군가와 감각을 공유하고 싶다고 생각합니다. 솔직하게 쓰자면 이렇게 말하겠습니다. 내가 보는 것 너도 봤으면 좋겠어. 내가 듣는 것 너도 들었으면 좋겠어. 내가 만지는 것 너도 만졌으면 좋겠어. 나는 내가 보는 너 안에 너가 보는 내가 궁금해 미칠 것 같다. 너가 만지는 내 살갗의 촉감을 나도 만지고 싶어 미칠 것 같다. 감각이 완전히 공유되어

내가 너의 연장체가 되는 것처럼 네가 나의 연장체가
되기를 원한다. 내가 너의 삶에서 완전히 분리되지
않듯이 네가 나의 삶에서 완전히 분리되지 않기를
원한다. 떼어 낼 수 없는 공동체. 노래방 붉은 소파 위에
함께 앉아서 허벅지 맨살에 닿는 코르덴 천이
불쾌하다고 와하하 웃음을 터뜨리면서, 함께 맥콜과
헛개차를 들이켜고 싶다. 어떤 시간을 만질 수 있다면
그 시간을 뚝 떼어 와 지구보다 크게 늘여 여기저기
덕지덕지 붙이고 싶다. 지구 전체에 소파 천이
들러붙어서 내벽처럼 변해, 그것들을 모조리
집어삼키는 것을 상상한다. 지구 뱃속에서 우리 모두가
하나가 되는 것을. 이게… 사랑? (아마 아니겠지요)
Q. 나에게 피냐타가 생기다면 그 안을 채우고 싶은
것들에 대해 듣고 싶다.
A. 난 정말로 운동회에서 박을 터뜨려 본 적이 없기
때문에(언제나 내가 속한 팀이 졌습니다) 진짜 박을
터뜨려 보고 싶어요. 그 안에 〈축하! 우승!〉 이란
플랜카드를 넣어 놓고요. 뭘 축하할까요? 음… 무사히
이 시집이 나온 것부터 축하하는 게 좋겠지요.

4. 기록하며 경유하는 것들

　나는 네 촉각을 통해 발견되고, 관찰되고, 던져지고,
　깎이고, 만져지는 것이 된다
　　―「물건과 몸을 헝클이기」
Q. 시인의 작품들을 읽으며 기록의 행위라는 생각이

들었다. 편지, 시, 그림, 사진 정도로 축약할 수 있겠다.
활자이든 활자가 아니든 시인에게 기록은 어떤
의미인지.

A. 직접 글씨를 많이 씁니다. 내게 기록은 직접 글씨를
쓰고, 몸으로 〈써서〉 내가 얼마나 촌스러운 사람인지
생각하는 과정입니다. 직접 글씨를 쓴다는 건 아무래도
자신의 글이 어떤 특색(혹은 문제)이 있는지 몸으로 알
수 있는 좋은 기회가 됩니다. 왜냐하면 작가는 자신의
글을 먹거나 입거나 덮어 쓸 수 없기 때문에 자신의
글과 몸이 항상 유리되어 있는데, 글씨를 씀으로써 내가
어느 정도는 육체를 가지고 있음을 감각할 수 있기
때문이죠.

사실 작가란 몸과 사이가 좋지 않고 적극적으로 몸을
경유하기 어렵습니다. 〈쓴다〉는 것은 기묘합니다. 물론
나는 심한 거북목, 라운드 숄더, 자주 시큰거리는 손목
때문에 고생하지만 이 행위의 올바른 자세가 예술을
만들지도 않을 테고요. 예술가보다 훨씬 더 멋진
생활인들이 더 훌륭한 자세로 〈쓴다〉고 할 수 있지요.
작가의 육체가 가지는 고유성이란 건 정말 없어
보입니다. 그런데 나는 그 점이 〈쓴다〉는 행위를
좋아하는 모순적인 이유 같습니다. 육체의 단련, 훈련,
교습, 식이 조절 없이 시작할 수 있으니까요. 오히려
능숙한 사람일수록 이 행위를 통해 육체를 배반합니다.
게다가 예술가의 건방진 점유도 불가능합니다. 아무나
시작할 수 있지요. 모두에게 분유된 이 행위가, 작가가

가지는 유일한 육체적 특성 혹은 행위라는 것이 나는
아주 좋습니다. 내게 기록은 이런 행위에 가깝습니다.

Q. 기록을 행위로 보니 예술가의 몸짓처럼 선명하게
느껴진다. 시를 쓰며 잊지 못했던 느낌이 있었는지, 그
느낌과 공간은 어디였는지 궁금하다.

A. 보통 지하철에서 애플 워치에 녹음을 하는 식으로
시를 쓰다 보니까 혼자서 중얼거린다는 오해를 많이
받습니다. 그래서 최근에는 구석에 서서, 벽을 바라본
채로 녹음을 합니다. 예전에는 행인이 나를 힐끗 보면서
〈좀… 이상한 사람인가 봐〉 하고 수군거리는 것을
들었습니다. 그 느낌, 다른 사람에게 이상한 사람이
되는 그 느낌이 가장 기억에 남네요. 그걸 뭐라고 해야
할까요? 수치심이었던 것 같습니다.

Q. 철학을 공부하고 있다고 알고 있다. 책을 보거나
연구를 하면서 철학이 시와 닮았다고 생각한 점이
있는지.

A. 완전히 정반대에 있기 때문에 비슷한 면이 있습니다.
철학은 할 수 없어요. 철학은 나의 연구의 대상입니다.
그러나 문학은 할 수 있어요. 철학은 공부하고, 문학은
하는 것입니다.

5. 시 쓰는 삶과 그후의 삶

　그것은 불투명하지만 모든 것을 통과시킬 수 있는
　것이야
　　—「시차교환」

Q, 시를 쓸 때 보통 주변에 어떤 물건들이 함께인가.
아끼는 물건이나 특별한 물건도 좋다. 나는 누군가의
물건을 알게 되면 그 사람이 풍경에 놓이는 것 같은
기분이 든다.
A. 최근에 할머니가 우리 집으로 이사를 오셨어요.
할머니가 평생 살림을 꾸려 온 물건들 중에 몇 가지만
우리 집으로 들어오게 되었죠. 한자가 돋을새김으로 된
오래된 장들이 왔습니다. 내가 가지고 온 것은 나무
양념통인데요. 동글동글하지만 약간 삐침이 있는
독특한 글씨체로 〈소금〉, 〈설탕〉, 〈고춧가루〉라고
새겨져 있습니다. 이삿짐을 꾸리는 내내 아무도 이것을
가지고 가거나 버릴 생각을 하지 못했습니다. 그런데
나는 어렸을 때부터 이 양념통을 아주 갖고 싶었습니다.
이 양념통이 지금까지 어떤 집의 어떤 자리에 놓여
있었는지를 기억합니다. 할머니는 매운 국을 자주
끓이셨는데, 그럴 때마다 저 나무 양념통의 뚜껑을 열어
고춧가루를 한 숟갈 크게 넣는 모습이 익숙합니다. 내가
이 양념통을 챙길 때 할머니는 〈야야, 니는 나를 참으로
닮았다〉라고 하셨습니다. 이런 것들을 챙기는 게 당신의
젊은 시절과 꼭 닮았다고 하셨죠. 나의 어린 시절을,
나의 가장 못된 시절을, 그리고 나의 지금을 알고
기억하는 사람이 당신과 내가 닮았다고 말하는 것은
많은 의미를 지니는 것 같습니다. 그리고 그 말을 하게
되는 계기가 물건이라는 것도요.
내 방은 잡동사니투성이인데요. 냄비, 인덕션, 주방용

가위, 옷걸이. 이런 것들은 필요한 물건들인데 내가
가져온 할머니의 양념통, 아이돌 포토카드, 선물로 받은
초콜릿 바구니를 담아 두는 상자, 이런 것들은
잡동사니지요. 그러나 무언가를 이 집에서 버려야
한다면 흔히 필수품이라고 하는 주방용 가위는 버릴 수
있지만 나무 양념통, 포토카드, 바구니와 상자는 버릴
수 없을 겁니다. 이것들은 잡동사니지만 나와 특별한
관계를 맺고 있어요. 버리지 않는 것으로 인해 내가
구성되기 때문이죠.

Q, 물건의 의미와 간직하고 버리는 행위에 대해 들으니
물건에 대한 정의가 궁금하다. 물건은 모든 이의 삶과
연관된 이야기일 것 같아 묻고 싶다.

A. 인간과 인간과의 관계만에서 어떤 강렬한 감정이
시작된다고 생각하지만, 사실 인간과의 관계에서 나온
감정을 불러일으키는 건 물건이라고 생각해요.
이건 놀랍거나 새로운 일이 아닙니다. 우리는 아기
때부터 수많은 물건을 선택하면서, 그리고 우리의
주변을 잡동사니로 채워 가면서 내가 어떤 사람이
될지를 선택하기 때문입니다. 돌잔치 같은 거지요.
아기에게 어떤 사람이 될지 선택하라는 (무시무시한)
무한의 권능을 주는데, 그 권능을 상징하는 게 다른
것이 아니라 잡동사니 아닐까요? 연필. 붓. 실. 쌀. 돈.
(참고로 나는 연필을 잡았습니다.) 어떤 물건과 어떤
상호작용을 해야 하는지, 아무것도 모르는 아기를 앞에
두고 어른들이 손뼉을 치면 아기는 아무거나 잡죠.

그때부터 그 잡동사니와 아기는 관계를 맺게 되고, 그 관계의 연장선상에서 삶의 많은 결정들이 뒤따라오게 됩니다.

내 집의 잡동사니들, 이 글을 쓸 때 보이는 이 수많은 허접스러운 물건들, 모두 이름을 거론하기에 부적절한 것들이 모두 내가 선택한 권능의 결과입니다. 나는 이 물건들로 인해 사랑보다 오래 지속되는 미움에 대해서 생각할 수 있죠.

Q, 앞으로 내 시를 읽었으면 하는 한 사람을 구체적으로 묘사해 본다면. 그 사람의 상황이나 마음이 이유가 될 것 같다.

A. 나는 문학의 형편없는 보편성을 무시하고 싶습니다. 내 글을 읽는 이 모든 사람들을 편지의 수신인이라고 가정하고 싶습니다. 작가는 글 안에서 개별적인 독자의 얼굴 하나하나가 아니라 희뿌옇게 멀리 있는 가상의 집단을 상상하게 됩니다. 내 상상 속에서 내 시를 읽는 사람은 대부분 당혹스러운 표정을 하고 있습니다. 나는 당신들의 이름을 전부 알고 싶습니다. 보편성의 법칙을 전부 싹 무시한 다음에, 가끔 당신이 당혹스러울 정도로 호명하고 싶습니다.

Q, 내가 이유운의 시를 읽고 독자로서 답장을 쓴다면.

A. 내가 당신을 상상하고 있습니다.

시인은 우리의 비열한 마음 안에 신이 끼어들면서 우리의 마음이 뒤집힌다고 했다. 뒤집힘의 경사와 밀도가 비열함을 드러내고 나면 그 안에 무엇이 있을까.
시인을 만나고 돌아와 사랑에 대해 다시 생각한다.
시인은 신이 지나간 사랑의 자리에는 맑은 사랑이 고여
있다고 했다. 이제 너의 속내를 보여 주었으니 고귀한
사랑을 줄게, 이렇게 말하는 것처럼. 시인이 오래전부터
말해 온 사랑의 평균율처럼.
오늘도 시인은 고작이었으나 전부였던 이의 주름을
찾아 헤맨다. 나를 키우고 나를 지나가고 나를 놓은
것은 무한정의 주름이라고 했다. 그 주름을 조금씩 펴서
두면 그곳에 빛도 비치고 비도 내리고 바람도 지나갈
것. 더 소중해질 주름으로 써 내려갈 시인의 시를 오래
기다리고 싶다.

피냐타 깨뜨리기

지은이 이유운
발행인 홍유진
발행처 에피케
대표전화 02-334-2024
홈페이지 www.epikhe.com
인스타그램 @epikhe_books
이메일 hello@epikhe.com
에피케는 여러분의 소중한 원고를 기다립니다.

ISBN 979-11-991112-5-7 03810
발행일 2026년 1월 1일 초판 1쇄